天路向拉萨

青藏铁路线上的生命长歌

朱海燕——著

中国铁道出版社有限公司
CHINA RAILWAY PUBLISHING HOUSE CO., LTD.

图书在版编目（CIP）数据

天路向拉萨：青藏铁路线上的生命长歌 / 朱海燕著. — 北京：中国铁道出版社有限公司，2023.9（2024.1重印）
ISBN 978-7-113-30350-1

Ⅰ. ①天… Ⅱ. ①朱… Ⅲ. ①诗集-中国-当代 Ⅳ. ①I227

中国国家版本馆CIP数据核字（2023）第119378号

书　　名： 天路向拉萨——青藏铁路线上的生命长歌
TIANLU XIANG LASA：QING-ZANG TIELUXIAN SHANG DE SHENGMING CHANGGE
作　　者： 朱海燕

责任编辑： 付巧丽　　**编辑部电话：**（010）51873179
封面设计： 闰江文化
责任校对： 刘　畅
责任印制： 赵星辰

出版发行： 中国铁道出版社有限公司（100054，北京市西城区右安门西街8号）
网　　址： http://www.tdpress.com
印　　刷： 河北宝昌佳彩印刷有限公司
版　　次： 2023年9月第1版　2024年1月第2次印刷
开　　本： 710 mm × 1 000 mm　1/16　**印张：** 19　**字数：** 180千
书　　号： ISBN 978-7-113-30350-1
定　　价： 75.00元

自序

什么是诗？什么是自由体诗？对于写诗的人来说，你说你写的东西是诗，大概它就是诗了。至于是优还是劣，那是诗的品质问题，而不是诗与非诗的界碑。

不是我个人的认知，包括一些哲人对诗的理解都十分矛盾，认为作诗显现于游戏的朴素形态之中，作诗自由地创造它的形象世界，且沉湎于想象领域。这种游戏因此逸离于决断的严肃性。所以作诗不具有改天换地的力量，它不过是一种道说和谈话而已。

诗，没有规尺，但诗并不好写。荷尔德林说，作诗是“最清白无邪的事业”。说明若带着邪念写诗，那就很难把握到诗的本质。借此，我们获得了一个暗示：我们到何处去求索诗的本质呢？在语言的领域中，我们用什么样的语言的“材料”来创造神圣的诗语？

荷尔德林还说，诗歌的语言是“最危险的财富”。说明语言虽为财富，但用起来十分危险，并不是捡到篮子里就是菜，诗语乃是语言海洋的一根针，打捞起来十分不易。

海德格尔把这句话又延伸了一下，他说：“语言不光是危险中的危险，语言在自身中也必然为其本身隐藏着一个持续的危险。”在语言中，最纯洁的东西和最晦蔽的东西，与混乱不堪的和粗俗平庸的东西同样地达乎词语，成为所有人的共同财富。但若是把不能承载诗歌使命的语言写进诗里，毋宁说就是对诗危险性的破坏。

最危险的地方，也是语言财富最为丰富的地方。因为，唯有语言处，才有世界。唯有在世界运作的地方，才有历史，才有与历史与生活与感情共生的诗歌。我的这部拙作，就是以诗的形式，对天路形成的这一历史和生活的深情回望。

朱海燕

2022 年 12 年

于京西退隐庐

目录

第一辑 路在何方

第二辑 瀚海苍茫

第三辑 梦圆青藏

第一辑

路在何方

初探青藏高原

二十世纪二十年代上溯二百年
人类探索的脚步，敲响青藏高原
神秘的梦境，从原始里唤醒，他们
穿过高峻的冰峰，曲折的峡谷
和野狼、羚羊的眼睛
身体拥抱整个世界的沉寂
走过变幻的新奇，用手摸着死亡前进
这里，很值得走一走
蓝天和白云的呼吸都独一无二
不变的只有星星，
在夜间抖出灵魂的光明

路途艰险，这里山中有险
水中有险，途中有险，梦中有险
风握着险，雪举着险，雨滴着险

雷劈着险，电擎着险，
空气里弥漫着险
野兽们的嘴巴全部是险
每个脚印都填满了险
甚至，到了青藏，睡觉躺平都有风险
喝一口冷风，都充满危险
何况几百年前，途中缺吃少穿
在这里，无缘于古道西风瘦马
无缘于枯藤老树昏鸦
无缘于秦时明月汉时关
甚至，长年见不到羌笛和牧鞭
他们的双臂，拥抱着布满死亡的无人区
死亡在膝盖以上，激情在胸线以上
获得的兴奋，写在闪亮的额头上
在西藏途中，他们总是把生死置之度外
目光注视着前方，贴近险，亲吻着险
他们，十人九死。一人生还，都属万幸
活着的人，都经历九死一生
几年，十几年，上百年，竟没探出一条道路
道路的盲点，塞满青藏的眼睛

不能否认他们的英勇
即便是天空的一只鹰

也无法阅遍那无尽的苍穹

他们一如既往地走着

一直沿着死亡线飞行

去闯一条峡谷

去穿一片荒原

去探索一方天空

天路受孕的季节

一

1951 年 8 月，一条坚韧的长长曲线
爬行在青藏高原五千米的胸膛
向西，去寻找远方的拉萨
司令员范明、政委慕生忠，率领着
士兵、马夫，骆驼客
和二万八千匹骡马、牦牛、骆驼
驮着十八军急切渴望的军粮
驮着扎根西藏的力量
去抹亮珠峰下的每一个清晨

倾斜的西部，云岭横空
拉萨在哪里？天不作答，地不回应
文成公主蹚出的路，在历史中起伏
她的脚印，钻进风里，成为传说
寻找拉萨，时间的断层，埋没了所有的参照

望断天涯路，天涯无路
路，只有从脚下挖出！

二

他们从香日德向黄河源头进发
雪山、沼泽、荒原、经幡
每一座雪山，都有魔鬼把守
每一片沼泽，都有死亡埋伏
殉难与悲壮填满每一个脚印
向伟大的高原进军，成为西部历史中最难忘的一章
一头骡子倒下了，一头牦牛倒下了
活着的骡马、牦牛、骆驼愤怒了
借着怒吼的风雪，抖起意志的鬃毛
决心跟定进藏的人，去绽放雅鲁藏布江畔的鲜花

太阳升起，落下。黄昏变成黎明
雪山铺向远方，荒原拥挤死亡
倾斜的天空下，队伍向西挺进
以无数生命的代价，去喂养西藏新生的阳光

一片巨大的沼泽，吞没了一个年轻的生命
他们把死者的姓名写在木牌上
敬一个军礼，洒一把泪水
脚步继续向前跋涉，闪亮的额头，朝着西方
多少生命倒在这无路地带

多少泣血的送行声，喊哭了荒原
文字的青史上，没留下他们的名字
今天，天路成熟的枝头，有他们结出的果实
荒原埋葬了他们年轻的身躯
而精神，仍活在天路广阔的背景上
藏于沼泽深处的骨头，依然有梦
西藏，就是梦飞翔的方向

三

荒原如海，残阳如血
又一个年轻的生命，倒——下了
泥沼吞没了胸膛，那双张大的眼睛忽然一亮
脑袋沉下去了。人们记住了那瞬间求生的形象
十九岁的青春，一双十九岁的眼睛
用生命探路，想为战友送去一把军粮
路上还有数不完的高山，说不清的里程
他却走入大地，大地上失去一双明亮的眼睛
慕生忠痛哭着高喊："用军号给他送行！"
嘀嘀嗒嗒的军号声，成为他永恒的呼吸

啊！进藏路上，生与死如一对孪生兄弟
在海拔五千米的高处，氧气瘦成一把骨头
魔鬼不是一个，而是成群结队
不是一手抓住胜利，就是一头撞进地狱

牺牲再大，胜利一定可及
慕生忠喝一大碗高粱烧酒，抱一捆军大衣
大喊一声："跟着我走！"
他躺平身体，边滚边铺大衣。像一团云朵掠过
躺平的身体，在坟墓的头顶举起西行的大旗
夺命的沼泽，被慕生忠征服了
于是，在他身后，滚过一团团火热的生命

历史为西藏选择了这位修路的英雄
为路的诞生，他开始破解避免死的密码
荒原上的艰辛之美，这生与死的智慧博弈
摇动了远处雪山上那斑斓的晚霞
那是旗帜的语言：路途尚远，一路珍重

四

军号，又喊醒一个黎明
浸骨的暴雪，把殉难的黑布再次抖出
几峰骆驼冻在大地上，它们再不能站起
长长的睫毛，蒙不住睁大的眼睛
骆驼，死不瞑目的眼睛啊
不是向着来路，而是朝着前方
它们死了，用命搂着荒原的胸脯
像野草忠实于大地，它们忠实地把命泼在这里
骆驼，沙漠之舟，生命的山冈
中国西部最能吃苦、负重的大力神
在骡马、牦牛不能抵达之地

它们多次拥抱死神，又泣别死神
以坚厚的蹄掌、肥宽的躯体
和顽韧的毅力，一次次蹚过死神而活着
这次，它们却放弃了跋涉困苦的理想
把生命留给了高原的黑夜
那些活着的骡马、牦牛、骆驼，为死者潸然泪下
它们没有发抖，没有后退，疲惫地喘着气
跟随进藏人，在风雪中摸索
向前迈出的每一步
都是献给死去同伴的最崇高的礼节

倒下了，又一批骡马、牦牛、骆驼倒下了
四个月后到达拉萨时，牲畜死掉了三分之一
啊！一堆又一堆白骨，成为通向拉萨的路标
那是进藏人的心头肉，那是死亡者的纪念碑

五

一个庞大的军团行进在青藏高原上
风雪把他们洗成高原的颜色
在这支队伍里，还有一百二十名女兵
进藏途中没有弱者，她们成为传奇
这一天，她们的脚步终于踩上传说的轨迹
唐玄奘的晒经台扑进她们的目光
谁知，通天河竟与《西游记》中的水怪成为同谋
抢渡这条大河时，拍天的大浪夺走八条生命
又淹死一百五十头牲口

走向西藏的途中，总是悲剧连着悲剧
总以生命的付出，作为殷红的祭礼
路在何方？
没有路，怎能搂抱西藏那块冰冻的土地

六

慕生忠在痛苦地思考，这样盲目地走下去
会死光全部的骡马、牦牛、骆驼
四个月苦难的行走，死的沉痛
通过一条理想管道，天路开始受孕
为西藏寻路，继而修通一条坦途
才能真正夯实西藏的繁荣与幸福之路
于是，他找到格尔木，在高原仰卧的胸口
找到了一种旋律的颤动
像一个古老民族的琴，奏出呼喊的低音
由此而上的土地，智慧而坚实
于是，他在这片土地上，修建了青藏公路
几十年后，沿着慕生忠踏出的路线
又修建了青藏铁路
两条天路，像两句伟大的诗行
日夜向西藏倾诉着畅达的温情
历史，请你记住：1951 年 8 月
慕生忠们首次进藏的悲壮历程
是天路受孕的季节
是历史改写的时刻

寻路

它藏在狂狷的冰峰之下
一万里静谧，覆盖着没有受孕的路
雪山、泥沼、草原，恐怖的世界
沿途不闻风雨的牧歌

1951 年 8 月，一队人马
带着两岁新中国的温暖
举着三千里寻亲的目光，从香日德向西南斜插
脚印里，人和骡马、骆驼用一堆堆白骨堆起路标

啊！走向你比登天还难——拉萨
围绕你的，是举着死亡旗子的重重天堑

1953 年 11 月，又是慕生忠
肩扛民族的重任踏雪而来
他形体枯槁仍执意要向拉萨赶路
从战争烽火中钻出的将军

个人字典中，只许失败是个单程
在西进脚步的节奏里，再不能用死亡押韵

在香日德，他望着西藏上方的夕阳
迎着晚霞，一句话快速地扑进耳畔
据说："在西部的格尔木，向拉萨
能找出一个能够行路的空间！"
啊！将军沉默了
沉默，就是道路的未来
沉默，就是铺展西进的远景
沉默，就是排除命运的障碍

第二天，初冬的暖阳折断一根柳棍
将军拄着它，和几个士兵，一路向西
寻找格尔木，他走向传说的另一端
他要从传说中抠出路，抠出希望

格尔木在哪里？是在昆仑的鞋壳里
还是在大漠的手帕里？是在河流交叉的地方
还是在水草茂密的沼泽里？遥望乱云飞渡和黄沙漫天
几番疑入梦境，几番折磨着雄心

向西，沿着驼道，嗅着驼粪
向西，追着野狼，赶着雪鸡
向西，盯着雄鹰翱翔的翅膀
向西，目光翻越着人迹未至的荒山、戈壁

白天，将军拄着柳棍，披着风沙赶路
夜晚，伴一盏篝灯，用手擦拭着柳棍
用手和心的温度，悉心将它抚摸，滋润
他把那截柳棍摸得激动，心跳
那个爱哟，就是抚摸春天，亲吻生命
他与柳棍一道思考和呼吸
一道在格尔木的传说中抱团取暖
夜夜保持着亲切的交流

三百多公里，走了七天
终于，从大海捞针的眼睛里走来河流
走来茂密的荒草与野兔
刀削斧劈般的昆仑，站在它的南边
啊！这地方很美，能把日月钓住

慕生忠用柳棍戳戳大地：这里就是格尔木
到家了！我们是格尔木的第一代居民

他把知心的柳棍，插进大地
一路伴他而来的它，成为春天的种子
在没有树的地方，流出绿色的精卵
像孩子一样把这片土地抱紧
它和将军有同样的秉性
根扎土里，和格尔木患难与共，肌肤相亲
它说的第一句话，是那又黄又绿的嫩芽
然后，再后，它和望柳庄这个家族

向格尔木的天空献出半城绿云

格尔木，成为与拉萨最伟大的对话者
因为有她，青藏虽有凶险
雌雄终于可以求偶对鸣

沿着昆仑与唐古拉攀缘而上
一路都是路的结构和元素
青藏高原摆脱了无路的黑暗
找到了光明的坦途

如今，到格尔木旅游的人
无不在历史的文字中和辽阔的空间里
去寻找慕生忠的身影
他的柳棍是这里最大最老的一棵树
是格尔木最杰出的解说员
以青春的姿势站在望柳庄前
向游客，向时代清唱
只为那尊千秋永垂的灵魂

慕生忠的作品

因为山高，路还没生出嫩芽
从平原爬行而上的氧气，早已丢盔弃甲
西进的目光，已被日月山挡住
这里冷峻的冰峰草原和每块石头
比秦砖汉瓦的年龄要老千倍万倍
可它们还不知自已姓甚名谁

也许，时间在安排着一个等待
从格尔木到拉萨的一路山水
等待着一位修路的将军
用他热血咸汗劳动的叙事方式
为它们取名

在路向前铺展的画卷中
施工难易，地形地貌，气候状况
以及劳动的号子，喝酒的心情，睡觉的呼噜
与奔涌而来的阳光和飞雪

都在为这一路地名
提供指标性的素材

将军吸着残存的氧气
喝着提神的雪水
抡着八磅大锤
时常抱着受伤的小藏羚羊
在脑子里拨拉着寻找那些盛开的经典词语
当路，延伸到一个新的站点
活蹦乱跳的地名，便从他口中吐出
酿制成一曲赞歌
飞翔着去追赶天上的白云

一股雪水在昆仑山住得太久
奔腾而出，携带着雪花和震耳的诗情
扑身而下，形成
一条波浪滚滚的河流
将军品着互助大曲，深情一望
便以“雪水河”之名
赐它波浪起伏的一生

将军在昆仑山的南侧发现一泓温泉
寒冬里腾腾热气，拢来一个瘦弱的春天
他用带韵的陕北话向可可西里高喊
此处叫“不冻泉”。诗意的表达中
似给人间绝境，拉出一个杏花江南

请看吧："爱家沟""纳赤台""西大滩"
将军总是精心地从感情上、地理上、形状上
提取山川的精气神，让它们到人间晒晒太阳
因为只有这样，名字才能表达本质的特性

请看吧："五道梁""风火山""开山岭"
劳动的手揭示出，岁月和紧张如何在这里相逢
路，是学步的婴儿，一心一意走好每一步
迈过一座座山，蹚过一条条河
带着一路新鲜的名字走向拉萨

那一天，路修到唐古拉山下
一位战士痛哭着说，他想家，想家
将军问：家在哪里？战士答：湖南雁石坪
将军哈哈笑：大雁把家给你驮来了，此地就叫"雁石坪"
把心劈成两半，一半交给这里的家，化解思念
一半挺进拉萨，用路去撞开西藏的春天

青藏线上的地名，都是将军的作品
路碑一样的地名，都是生与死铸成
它比世界上任何诗歌都有味道
永远徜徉在四千米以上的高度
每个名字都走进了历史
变成不少城市与许多村镇

开心岭上的对饮

在天路的建设史上，这一天最开心
修路十公里。当太阳止住脚步，路正走在两山之间
“开心岭”这个名字，一挺身站在地上
再后，便大模大样地走进地图

那晚，昆仑月为开心的工地照明
六十度的互助酒，为开心的战绩鼓起雄风
修路人的嘴，从青海说到西藏
又麻酥酥地从想女人侃到婆娘
修路人的心，一起在酒香和月光里开花，开光

慕生忠将军与施工队队长马珍对饮
掏心掏肺的语言，每一句都亲亲热热，摇摇晃晃
将军问马珍：明天如何打算
马珍答：修路十二公里，覆盖今天的辉煌

不！将军一瞪眼：明天，明天

给你和已婚男人放假，返回故乡会婆娘

政委，这里是前线，我们在挺进西藏
我不能离去，我是队长

将军又瞪眼，修路人的镐柄
汗水不分昼夜把它擦亮，已握出包浆
逢山劈路，长年挥舞，必须有新的镐柄换岗

将军喷香的话语，像轻风，像月光
穿来绕去，盘在修路人的心上
雪山静静矗立，倾听这位老红军的宣讲

若爱青藏，必须深爱自己的婆娘
若爱自己的婆娘，必须把她领到青藏
我们不能留下遗憾，腾飞
绝不是一世而为，只有世世代代的接力续跑
青藏这棵树，才能绿云遮天，茁壮成长

兄弟们：我是修路的路长
还是格尔木这个大家庭的家长
我清楚怎样才能让一个一穷二白的家庭
发家致富，人丁兴旺
我清楚什么菜放盐，什么菜放糖
高原的创业不是静物写生
而是战斗在祖国西部的火热战场

我们不当独奏者
要让我们的后来者都变成拓荒的闯将
这样，扩展视野的人生
才适应明天和未来的青藏

将军给马珍斟满一杯酒
又给自己倒满，喝一口，咂巴着浓浓的芬芳
那酒里藏的是雪山的期盼和草原的愿望
胸中一种负重的灵魂，在澎湃激荡
啊，他继续宣讲，依旧说着千里万里外守家的婆娘

兄弟们：天路修了还不到一半
伤了多少，死了多少，病了多少
大家眼里有数，心里有账
海拔四千米以上的高原已经证明
一个人和一代人的力量有限
只有人与人的接力，代与代的续跑
才能把缺氧的高原拽到一个生存与生活的春天

他大喝一声：马珍
马珍立正站起，回答：到
你结婚几年？马珍回答说：三年
将军高喊：三年没生出一个娃儿
发给你三百块钱，速速返回宁夏的吴忠故园
带着婆娘游一游故乡的山山水水
然后返回广天阔地的青藏高原

狠狠地加油，让婆娘生一窝娃儿
建设格尔木这个新的家园

马珍忙接话：政委，那八字还没见一撇呢
谁说没有一撇，只要婆娘来高原，这一撇一捺全有了
将军说：你儿子的名字我想好了
大儿子叫纳赤台，二儿子叫昆仑山，三儿子叫通天河
一辈子与青藏形影不离
一辈子与大雪原相亲相爱

第二天，已婚的男人全部返乡
比天大的使命，都是为了青藏
一个月后，格尔木来了第一代婆娘
之后，她们呼啦啦生出高原的第二代儿郎
一代接一代，用肩膀扛着腾飞的青藏
格尔木知道，青藏线明白，将军是真正的父亲
这位父亲，是当年刘志丹手下最胆大的一位红军

韩滩

至今，文字组成的历史
还没有打捞出他的全名
知道他姓韩，十九岁
修路人，称他小韩
1954 年，他跟随慕生忠修筑公路
从格尔木到唐古拉，当他捡牛粪为大家取暖时
倒下了，生命像一个惊叹号
立在海拔五千米的雪峰上

将军，把从战火中得来的军功章
别在他胸前，掩埋在山顶的草地里
那块草地，便有了名字：韩滩

第二年，韩滩的草，由青变紫
又由紫变红，渐渐成了雪山的红色心脏
万古沉睡的唐古拉也会说话
以一片庄严的色彩，纪念小韩
纪念那挥舞的铁镐，那铺路的石子
和为人们捡粪取暖的那行足迹

传奇人生

说起他，万古江河口吐莲花
格尔木、拉萨跳出来抢着说话
昆仑和珠峰抖出的传奇
让他每个故事都活得十分丰盈

是他，作拐杖的柳棍向大地猛然一戳
哇哇生出一座西部城市
那柳棍听命于他的意志，一入土
咕嘟一声向长空吐出浓浓的春色
他是青藏高原劈山修路的大斧
在自用的铁镐柄上，烙下“慕生忠之墓”
他准备好了，把骨骼、胸怀和血液
献给深厚的大地与冰冷的雪峰
修路是他的命数，路没有修好
墓碑自然没有站立的资格
于是，一条命与一条路向西攀爬
并肩携手，生死相依

他在昆仑山口拓出道路
用脚步丈量了一下昆仑的头颅
好啊！整整十二步，十二步
对于一个征服者，显然按捺不住内心的激动
他给昆仑改名为“十二步山”
哈哈一阵大笑，拂掉了那顶万山之祖的桂冠
羞死鼓吹蜀道难、难于上青天的唐朝

他不是普通的修路人
衡量他的能量
也不能用十年或者百年
他往青藏高原一站
纸上再也没有“一夫当关，万夫莫开”的文字
历史写下一夫领先、万关皆开的一路锦绣

当然，他也不是彻底的英勇无畏
唐古拉把他脚跟撕开一个大大的血口
能塞下两根火柴
当用针缝合时，他摇头，他咬牙，他唉哟
看他怕疼的样子，窗外
身披白雪的山峰也偷偷发笑
他多发一声呻吟，说明他多吃了一个苦头

他是第一个坐汽车进入拉萨的内地人
汽车轮子将拉萨转了五圈
把拉萨人的心，转得心花怒放

把布达拉转成一身朝霞
从那一天开始，西藏迈出了汽车的步伐

可以定义，他是担山追日的军人
担子的两端，一端是青海，一端是西藏
一条公路就是忽闪忽闪的扁担
是一个吃苦受累的军人，哪天不把心献给人民
为西藏送粮，他牵着送粮的驼队
向西藏修路，他调动那一路山水
公路建成，他管理着那条公路
有了兵站，他负责一路的吃喝拉撒睡
交通，是青藏高原的命脉
为命脉的畅通，他把半条命抛给了青藏
八十四岁，他死了，死后回到昆仑
和他命名的“十二步山”
肩并肩，为青藏公路站岗值班

青藏铁路的播种人

追踪那一片历史风云
发现播种青藏公路和青藏铁路的
竟是同一个人，建成青藏公路
他积蓄出珠峰一般的精神
加上青藏高原的梦想与执着
慕生忠，这位敢用胆去包天的人
操一口浓重的陕北话喊出
修青藏铁路

于是，曹汝桢、刘德基、王立杰
作为第一批铁路人，跟随将军跨越昆仑
一个因路而生的格尔木，被将军说成是西部的大上海
一条未铺柏油的搓板路，被他说成青藏的命脉
他说，征服雪山的手，能生出真理
播出的每一行脚印，都能长出繁荣
风雪像击鼓般袭击着他们的大衣
而他们对明天的思考，比风雪还要沸腾

夜间，一只悬挂的马灯，把他们光明的构想送达远方

那时，他们还算年轻，慕生忠四十五岁
曹汝桢三十七岁，刘德基、王立杰刚刚三十而立
他们是那么英俊、无畏、威武、刚毅
大义凛然，在青藏书写盖世的史诗
四人抱定着同一个信仰
青藏高原能修铁路，铁路可抵布达拉宫

昆仑山、唐古拉皆被大雪覆盖
楚玛尔河、沱沱河、通天河的坚冰还没消融
披着浸骨的寒冷
他们暖热了一条铁路的前景
请记住吧，1955 年秋天这个日子
修筑铁路的种子，在青藏高原开始入土
历经五十年的风雨，它发芽、开花、成果
一条铁路载着上天的梦想
直抵珠峰

首次踏勘

一个词，叫踏勘
总是跑在时间的前面
他用脚，把这两个字烙进几千里的白云
故事从零的历史中走出
第一声惊雷，炸响长久的回声

1956 年 6 月 6 日。从那一天起
注定了，一颗心和青藏铁路的联姻
他是天路的第一任总工
为踏勘，雷电风雨装进锅碗瓢盆
搭设帐篷，埋锅造饭
一路写下科学的经文

登上昆仑，一山的暴雪欢呼鼓掌
步入可可西里，野狼和羚羊夹道欢迎
如山的苦扑过来了，一挨身变成甜蜜的幸福
鹅毛大雪围上来了，见了他，立马变成氧气壮神
“踏勘”两个字，在脚下奔跑着

在心里奔跑着，在青藏高原
长长的历史中，第一次奔跑，他前面没有古人
拥有这份荣誉，肩负伟大重任
天地之依偎，怎能不聚拢铁路人所有的精神

脚步是有点跌宕起伏，胸口也有些气喘吁吁
那已不是什么高原反应
而是浩浩荡荡的心情造成
因为自豪，他有点雄心万丈的感觉了
万水臣服在他的脚下
千山服侍他迈上极顶

生命禁区，没有人性，让他得雪盲
让他翻车，砸伤颈椎
让他从骆驼上摔下来，摔伤身体
可是，踏勘一直在奔跑，奔跑
直到在布达拉宫纵情放歌时
他才平复了那颗雄心

故事不顺
拉开一场大戏的序幕
再也没有让珠峰激动的正文
四十二岁的庄心丹，对青藏铁路的踏勘
虽然没有结出开心的果子
史无前例的经历，却滋润了他一生
举国高唱“天路”那支歌曲时
回首望，生于 1914 年的庄心丹
为天路的踏勘写下导语，后来成为一部光辉的史诗

提前到达珠峰的歌

铁道兵的文艺战士
驾驭着誓在雅鲁藏布江饮马的雄心
飞到珠峰脚下，在高路入云端的
中尼公路上，铺开艺术的梦想
歌曲、歌舞，在每一块石头上留下脚印
快板、相声、二胡独奏，欢快地扑向藏族亲人

西藏是歌舞的故乡。他们是奉献者
同时，更是寻找、畅游那个博大的艺术海洋
白云喷薄着诗的味道
蓝天承载着韵的飞翔
每一筐铺路石，都能蹦跳成绝妙的歌词
每一朵格桑花，都会摇出一段优美的曲子

艺术之于铁路与公路，没有清晰的界限
铁路的经典，同样会变成公路艺术的帝王
在珠峰，在这地球高高的脑门上

积蓄着文化基因中最活跃的细胞
艺术家从挖掘朝阳人的精神和汗水里
挖掘着艺术的希望之光

一条激荡的大河在他们周身流淌
那是从喷香的酥油茶中流来的
那是从藏族姑娘的歌舞中流来的
那是从军民同耕的青稞田里流来的
那是从边疆人民的肺腑之言中流来的
那是从雪山的晶莹与草原的花香中流来的
这里，宿命不变的歌舞主题
不可抑制地在他们饱满的心灵中爆裂

于是，程玉书、朱田、程化栋
从心中的大河里采下朵朵激情的浪花
酿制而成赞歌，让它们飞向海角天涯
同时，向天下人报告，铁道兵艺术家提前报到
铁路会在预定的节奏中向西藏奔跑

请听:《请喝一杯酥油茶》的天籁虔诚之音
是从珠峰的崇高中提取的感情
以最好的表达献给为西藏修路的人们
《金珠玛米亚古都》的热情与豪迈
蕴含着西藏的辽阔与芬芳
带着磁性的穿透力，入住五湖四海的心房

铁道兵写在西藏的歌
是天路向上伸出的第一片叶子
是路要上天碑铭般的表达
它与躺在哈尔盖的铁路有着直接的联系
它是天路的摇篮曲，坚信会把它摇醒
继而把它摇壮摇大，展开腾飞的翅膀
扑棱棱，穿云破雾直向拉萨

在哈尔盖仰望青藏

我比诗人西川早到这里九年
诗人仰望星空，我仰望青藏
六月，这里很冷，青海湖刮来的风
把万事万物冻得十分僵硬
黄沙扑面，如刀割一般，让人睁不开眼睛
稀薄的空气，对我进行残酷的击打
腿软无力，呕吐，头痛
扛不动二十斤重的行李
哈尔盖，对我跃马西进的誓言
列出一份恐怖的清单

我从远方而来，生出触摸到天边的悲伤
可是，用眼睛仔细衡量
这里，两千公里可到北京，两千公里抵达拉萨
它竟似一尊巨像站在等量的空间上
仰望茫茫青藏，我计算着来日里程的痛苦
荒原席卷而来，雪峰逶迤而去

目光里装满一路愁雨，一路狰狞
现实是如此空寂博大，陡峭荒芜
青春之神，能否助我走过这凶险的征途
真的有些惧怕，回望故乡，山重水复
这天地之差异，是不是该飞回故土

仰望青藏，为了天路
我不得不把自己，撕裂，打破，重组
把思想上的暗道与缺失
一一用劳作的收成填堵
让畏惧的心理开出花朵
从脸上赶走莫名的悲苦
让钙质扶硬骨头
使远方，直至珠峰的远方不再模糊
于是，哈尔盖，成为一块命运之地
由它作书脊，高原与内地合成我心中的一本书
抑或说，它更像天路的第一个阶梯
我一次次走上去，又一次次走下来
来去自由，自由得像进出自己的家门

第二辑

瀚海苍茫

天路剪影

那年，你的青藏之行
岁月的念想洗印出张张图片
今天读起来仍让人怦然心动
一口赣东北口音，澎湃着坚定与亲切
塔山的回音壁，让列阵的群山听得格外精神
人未老，六十三岁，仍像三十岁的青春
腰背的挺直，于苍苍白发间
一如青松挺立，惊呆了祁连、昆仑
你如此肃穆，站在那里
一种勇往无前的力量徐徐上升

你登上天峻山，脚印里活着上天的使命
与士兵重构高原彩虹与精神的格局
二郎洞前，你笑夸战士都是担山追日的杨二郎
关角隧道，你留言：要尽快打通，扯进春风与阳光

你向扑天而上的一座座军营敬礼

用温暖深情问候战无不胜的士兵
你的军衣挥去了西出阳关无故人的荒凉
挺进西藏，你给战士的斗志鼓满雄风

泉吉峡，一位股长给你站岗
你说：我是老兵，你也是老兵
在家一样的军营里，我们对安全要从容自信
把站岗的时间与心思，钉在工地上
能使铁路多长出一寸

在三十三团机械连，你把碗中的肉和菜
分给刚入伍的新兵
你说：吃饱吃好
一定会成为高原搏击风云的雄鹰

在阅尽人间春色的昆仑，你吃着
战士长年吞咽的压缩菜，流下泪水
沉痛负疚地说：我是司令员
基层生活得不好，是我的责任
于是，你为困苦的生活，注入春江的暖流
基层连队，每月增进二百斤猪肉，一百斤黄豆
你不想高大，但一言一行都使你高大
跟随你当兵，赴汤蹈火都感到痛快
呵气，能呵出一天彩霞
缄默，会变成一座山峰

从格尔木到拉萨一千二百公里
每公里都铺满你的思念
每一天你都想着跨越昆仑
迎着白云的高度，你把风雨艰险踩在脚下
踩出一路噼噼啪啪的电闪雷鸣
每一个细节，都展现大将军的风骨
每一步，都是以登天向上的姿势前行
五道梁，风火山，通天河
你的脚步有力坚定，从没有半点迟疑
比高原高出五尺多的身体
每一根筋骨，都被不屈的意志武装

9 月 9 日，你立于唐古拉之顶
那天，这里被一尺多厚的大雪覆盖
很不幸，八千里外的京城，陨落一颗巨星
你立即返回，为赶飞机
你骑一匹白马奔向拉萨

一位诗人说，那年追随你走了一趟天路
骨骼有了硬度，血液有了温度
坚固的人生，不会因高原缺氧而枯

咏雷锋之像

我不认识雷锋，因为隔着几十年的风雨
隔着几千里的路程，隔着生与死的界碑
但我又认识雷锋，当接兵的指导员对我说
你当兵去，就像雷锋一样，戴一顶军帽
穿一身军装，挎一支冲锋枪。于是
人人都熟悉的那张照片，把我牵进军营

从此，我认识了雷锋，认识了军营
我和雷锋有一个共同的名字——军人
我和雷锋有一个共同的家——军营
我和雷锋穿着同样的军装
我和雷锋挎着同样的冲锋枪
我和雷锋每月吃着同样的军粮
我时常问自己，你是不是雷锋

我不是雷锋。我比他高了五公分
我的高度不及土丘，他的高度却似珠峰

我比他重了八公斤
而他的重量，却沉如泰山，重若昆仑
我的军衣，包裹着一个人的冷暖
他的军衣却温暖着全国人民
我扛枪，是追随雷锋的脚步
他当兵，是在天地间写一笔为人民服务的精神

是的，我站在海拔四千米的昆仑
而雷锋站在距大海不远的抚顺
他是一块精神的高地
而我，站得虽高，思想却十分贫瘠
他开车，是为一个民族寻找幸福之路
方向盘，紧盯着前方耀眼的星辰
我修路，抡几下大锤便气喘如牛
思想更不敢在这高原的泥土里扎根
青春在呼吸中找不到理想
没有理想哪有干事业的雄心
和雷锋一比，境界上差了千里万里

羡慕他的那张照片我才当兵，当初我把
他的照片看成是一张纸，现在我才明白
那是一尊鎏金映绿的青铜，在岁月的
风雨中洗礼，他会永远在人民心中
雷锋，我敢说，我要学你一天
我绝对学得很像，我会搀扶多病的大娘
我会送回失路的儿童，我会琢磨几个优秀的

词句，把自己的日记装饰得十分漂亮
如果让我一年都像雷锋，一辈子都像雷锋
我自己不敢做出这样的承诺，这样的保证
也许，就是因为这，我才高悬雷锋之像
让自己的灵魂有一面镜子
让人生的行为有一个参照物

秋日上鸟岛

秋日悄悄，踩黄小草
风携凉意，催鸟儿上道
送别鸟儿，一叶飞舟剪细浪
兴冲冲啊，我们上鸟岛

鸟儿呀，最知战士情和意
飞上肩，挠军帽，逗得红星笑
鸟语悦耳，唱涨了思潮
驭乘鸟音，仿佛回到故乡的怀抱

早春花开时，告别海南岛
天涯的儿子呵，去高原报到
儿子走了，带去故乡的殷殷嘱咐
拉走妈妈的心一条

破土的苗，能否经起高原风霜打
嫩胳膊细肉的，可否挥镐修铁道

不放心，妈妈寄出这群故乡鸟
越山过河，追着儿子跑

青海湖畔，帐篷映碧影
湖心岛上，鸟儿筑新巢
开山放炮，我们志豪胆又壮
随着延长的铁路，我长胖长高

山水熟悉了，高原也是故乡
谁去想家乡的蛙鼓、水牛、大海潮
就连鸟儿也酷爱这湖中岛
奏出一曲生命的歌，小鸟儿喧叫

秋来风凉，鸟回海南岛
对鸟儿何必再一一相告
多彩的羽毛，系满我炽热的乡思
还有捎给妈妈白云一般的欢笑

我想，明年我随着延长的铁路走了
春日，鸟儿再来，无处去寻找
妈妈准会说，孩子大了拴不住
信使追不上儿子的脚

车过二郎洞

列车向西，铁路邻近处
有个山洞，杨二郎，那是你的居所吗
至今，你没有退场
不然，姑娘不会在那里跳起秧歌

远古，这里也许没有生灵
是你的故事将这一片山水激活
我不知你为什么担山追日
只知道，巍峨的关角山把道路阻隔
你变大，关角山比你更大
无边的神力，最终被大山封锁
你有雄心，山有野心
你通过关角山，重新认识了自我
在一座小山上，你踢出一个洞
在前进与停滞之间，你选择了后者
你在等待，等待后来者经营你的渴望
覆盖你的失败，将向西的道路开拓

从此，二郎洞成为畅通的阴影
你昼夜失眠，整天愁眉而辗转反侧
昨天，我们来了，感谢二郎神藏身于此
打通关角山，你是最好的记录者
当然，这里也有一个个险韵
但更多的是胜利与诗的唱和

今天，列车在天路上呼啸飞过
二郎洞啊，给我的联想实在太多，太多
我想邀请二郎神同我一道西进
看一看关角以西怎样铺满春色

你若困了，请上这舒适的软卧
穿越再高的山，都不让你受风雪的折磨
若是渴了，有橙汁、梨汁和可口水果
胜过瑶池那些让人长寿的仙果
杨二郎，你为什么不上西进的列车呢
莫非你外出，又被边关深锁

风笛一声长啸，列车飞出关角隧道
远处，悠悠飘来一片云朵
贴着车窗，久久不愿离去
啊，真的是二郎神寄来的通车祝贺

伸手欲拉云朵进车
云儿飞了，手心里留下晶莹的水沫

明白，二郎神前方再次受阻
云是请帖，求我们为更多的山河踏平坎坷

列车向西，风驰电掣
紧紧跟着前方，天空中的那片云朵

关角隧道的前世今生

关角，意为登天的梯子
关角隧道，天路上的第一道险关
传说，杨戬是第一个要跨越关角的人
费九牛二虎之力，他未爬到山腰
为泄心中之气，他把关角旁的一座小山
用脚踢个洞。于是，“二郎洞”的神奇
诠释了逾越关角的艰难曲折

1959 年，人们想让火车的汽笛声，成为
青藏高原的千年绝唱
一批誓要打开历史一页的人
扛着十年家底的积蓄与精神
和西部辽阔的梦想与执着
来到关角，大地滚动起誓言的雷霆

季节未到春天。铁镐、风钻、钢钎
以及分离的上道坑、下道坑、掌子面，全部跛脚

"下马！下马"的呼喊声，在他们头顶抱怨
隧道掘进百分之六十，坚冰把进度封在山里
登天的人呼啦啦撤出高原
没向遥远的拉萨漏出一句口风
天路上的这半条隧道，成为西进的根，深深地隐藏起来
泪水挂在眼皮下面，却睁大着东望的瞳孔
没有文字的抵达，不知这半拉子成果，付出了多少牺牲

1974 年，一批修路战士来到废弃的关角
立志要让隧道僵尸复活
开辟出一条向西的通道
向前掘进的时候，但愿不会遇到任何东西

关角沉默不语，这位生命的摆布者
在黑暗中布下重重杀机
死亡在隧道里，不是显露在阳光下
它无处不在地盯着人们，寻找机会
一天，它在与人类太多的博弈中突然走来
向一百二十七人张开血盆大口
塌方！塌方！非常熟悉的死亡曲调
在关角隧道里再次重复响起

这里，没有惊慌，没有悲痛
淡定与理智，让冲天的应对方式纷至沓来
指挥者高喊：
"不要喊：下定决心，不怕牺牲！"

节省体力，少消耗氧气，才是生存之本
是的，在海拔三千七百多米的高度
在长达四千米堵死的隧道里
氧气还不到海平面的三分之一
于是，他们把一生的日历，缩减成沉默，等待救援
他们把自己的生命，紧紧握进自己的手里

虽然，魔鬼紧咬着安全帽，扯着衣襟
他们还是于血雨腥风中，涅槃出人间奇迹
从死亡地带里大踏步走出来，走出来
这不是什么上天的给予，而是智慧的大手笔
这支活命曲，成为天路上空前绝后的史诗

关角隧道，始终是心怀不轨者
既然不能阻止铁路前进，它就昼夜涌水
企图把火车的轮子埋进沼泽
让铁路受罪，永久活在冬季

天路，青藏高原的主动脉
不仅追求它的畅通性，还要有细节的独立性
漫漫征程，岂能容关角隧道这个细节折腾
于是，在朝阳的时代，在隧道之旁
又开辟一条新关角隧道，长达三十二公里
从水底将铁路拯救出来，面朝珠峰

至此，在茫茫青藏高原上

一条巨龙舞着彩虹般的身躯
潇洒出四千里的大自由
二郎神被这胜利激动了
为观看这一景象
一使劲，爬到关角积雪的山顶

泉吉峡

祁连山以南，一直到巍巍昆仑
八百里瀚海，有一脉流泉
传说是王母娘娘的洗脸水倒在这里
又说是穆天子未干的眼泪
破碎的故事，没有写进青史
从柴达木第一行脚印算起
这些挂在嘴上的传说
一直借着云和风流传

绝对不是巧合，那年
地理与春风，邀来一批修路的军人
团长说：这泉水是上天给的
我们就把家安在这里
大家快把生命与大地拧紧

真是人类生命奇异的创造啊
数万平方公里的大漠，若没这股泉水

会折断一切图腾的翅膀
有了它，蓝图上的线路才能落户于大地

工地在五十里以外
要借助这泉水的力量修路，只好舍近求远
每天，远方的军人拉着铁路西行
泉边，穿梭一般的水车急切地将水
送到远方军人的饭碗、脸盆、脚盆

切莫说，这事情毫无诗意
没有远程对水的调度与谋划
哪有铁路拔节生长的里程
因为缺水的生活与水车的流淌
才有了神奇的创造和创造的神奇
才有了剧烈的艰辛和回忆的甜蜜
才有诗的节奏里，由缺水而谱写的壮丽

人，因水而生，因水而创造万事万物
路，因人得水而添翼，方能跃上昆仑

泉吉峡，提供了生命之水
一百多公里的铁路，伸直了身子
路修完后，军人们走了
云和风仍在述说泉吉峡孕育铁路的功绩

后来，天路在格尔木再次“上马”

在兰州，我见到一位叫吴自迪的老人
他最早来到泉吉峡，烙下铁路人的脚印
因为有三天三夜没吃没喝的经历
在这里，他痛快地喝下十大捧泉水
让不死不活的命，又一次澎湃奔腾

他给泉吉峡发了暂时待业的说明
嘱咐它，祖国需要时，要慷慨地奉献水分
因它处于大柴旦的地界
吴自迪指定：泉吉峡属于大柴旦居民

生命的扳道工

一件死亡的事，八年里
像军号一样吹响
嘀嘀嗒，嘀嘀嗒，绕在筑路战士的心上
死者是位老兵，刚到高原的星期日
他带着一位新兵，去看柴达木
天真地认为柴达木是一个景点
哪知，它以二十四万平方公里的裸露与博大
包容天地，又深如海洋
那位老兵被死神拽住
走向人类无法对话的远方

这件事在全师通报了
他不是烈士，不是英雄
没有悼亡的诗歌与花圈送行

听他同乡探亲的战友说：儿子死后
母亲用忧伤的目光，天天泪眼望着夕阳

高原远得让母亲不知在什么地方
但她知道夕阳下面有个青藏
青藏的黄沙里埋着她的骨肉儿郎

八年里，这件事像只钟
时时在体内敲响
总感觉死者独特地活着
就站在战友们身旁
进隧道，上桥梁，看煤气，观行车
面对一片沙，一道梁
他都提出意见或质疑
安全的方向盘有没有导航
仿佛因为死过，恢复了记性
他说：把握这凶险的高原
人类还没有现成的经验
避免死，向往生，才算读懂自己的安全

他的警示，很具体，不是空话
用第一个死的教训，为生命扳道
扳来了以后的八年平安

至今我不知他的名字
知道我的连队距他的连队两公里
他 1973 年入伍，河北沧州人
是三十三团二十连的一位班长

写在铁锤的故乡

题记：青海省锡铁山矿的一位工程师说，我修路的铁锤是锡铁山的矿石铸造而成的。

世界真是如此之巧，征战的铁锤
回到母亲的怀抱。这里是你梦中的摇篮
我和你日夜相伴，却不知这个秘密
你何年何月走出锡铁山这荒凉的幽谷
几经周折，向修路的队伍报到

锡铁山的儿子，你有西部坚韧的性格
走南闯北，一如雷电呼啸
大锤，我的大锤，快向母亲说说吧
这些年，你踏遍多少大山
打穿了多少隧道

岁月没割断你的故事
那年，几根钢钎在山上敲打

你坚硬的生命在矿石里跳跃
可是，柴达木干瘪的乳房
怎能让矿石脱胎换骨成为钢铁
为石头变成钢铁的梦想
你外出寻找高炉，没有汽车、火车
而是靠沙漠之舟的骆驼
迎着旭日，在瀚海上一路向东，向东
驼铃摇哭了青海湖，摇醒了日月山
啊！这沉重的驼铃啊，何时不再摇

你到达宝鸡，终于坐上了火车
方向：武汉。在那里你投身高炉
锻成一柄大锤
追随修路的人遍访海角天涯

大兴安岭，你上下挥舞的身影震落星辰
武夷山上，你的声音总是伴着黎明
你是我的大锤，也有战友的大锤
昼夜交替，你不曾有半点疲劳
二十多年征战，只是瘦了闪光的锤面
你的体重由八磅变成了六磅

如今，你千里迢迢回到故乡
锡铁山，已经改装换貌
不见了，昔日运送矿石的驼队
大漠胡风中，汽车卷起绿色的波涛

我的大锤，对故乡的变化并不满意
时空转换中，运输仍然戴着沉重的枷锁
群山列阵，矿石拥天
靠汽车运输，那等于杯水车薪
而远方的高炉呢，正等米下锅
等得久了，闭着双眼睡觉
大锤，要改变这一现象
借着长风，呼啦啦写下战表
绘一条彩虹走进大山
让矿石自由地选择高炉，不再天高地远

锡铁山以东的旧象

借着 1976 年夏季的目光
可以看到锡铁山以东的旧象
一个破旧的山洞挂在锡铁山的腰间
那不是大自然造就，而是人工所为
浅浅十米深，没有浆砌
欲成为穿山的隧道，刚刚叩开山门
它已没有了力量
再往后的日子，居住着狼，或是黄羊

隧道下方是一条小河
一个侏儒般的桥墩站在河的中央
它距铁路的标高还相差五米
停在半腰，还没有成形
便失去向上成长的机会
一副冰冷的骨头架子
不肩负丝毫的重任与理想

走出山门，向东，穿过高低不一的山包
见到数里长弯曲如蛇的一道沙梁
像是路基，又不像路基
但它确实以路基之名来到青藏线上
沙的抽打，风的放牧
已改变路基的模样
由于紧靠着一条浑浊的小河
得一丝湿润，到处长着
精神勃发补肾润肠的锁阳
当年，它曾自己动员自己
向西，向西，一直挺进到雅鲁藏布江
它只有一时动员的口号
而缺少一往无前持久的力量
王昌耀诗笔下的青海高车
还无力抵达唐古拉那边的西藏
它在茫茫的柴达木腹地
成为坍塌的碑，写满失落凋零的忧伤

散落在锡铁山以东的旧象
萧索而落寞，但它毕竟不是骨骼化石
一丝能量依然在它灵魂中闪动
触动着后来者的返青心思
把破旧的隧道延长
将停建的桥墩修复拔高
让弯曲的旧路基挺直身腰
这样经过精打细算般地收旧利废
便孕育出一片新的生机

姿势

题记：1975 年，建设青藏铁路的铁道兵战士，在锡铁山的一个峡谷里，发现一具勘察队员的骨架，怀里抱着标尺，坐在岩石上，背靠山壁，面向东方眺望。

从这英雄的姿势上
可以想到你当年流出怎样的目光
是所有期盼中最急切的一种
是所有呼唤中
爆发的最强的力量

当初，你有水，也有干粮
凭着年轻的热血和激情
踏遍座座裸露狰狞的山梁
为祖国的建设，去勘探，去测量
你心事单纯，壮志一个劲地上涨
一路收获，像大地的麦浪
你兴奋得忘记了自己

忘记了还剩多少水，还有多少干粮

当你一无所有
甚至迷失了方向
你用最后清醒的神智
写下那次勘察汇报的提纲
书写，沉思，神情坚定地眺望东方
开发锡铁山是什么概念
未来这里建怎样一个工厂

当寒风调转方向，冰雪覆盖太阳
你用最后的力气，披一身豪气
在刚刚发现的矿山上一坐
坐成一副骨架
骨架上盛开着未来的梦想
虽然，血和肉的背景已经褪去
但你并不孤独
背后是一座铁矿的巍巍山冈

从一个生命到一副骨架
这中间，这中间你会晤了多少日月星辰
你面向东方，说明你一直想着故乡
平时忙得顾不上
最后生命将息时
你把一缕思念送给了远方的爹娘

柴达木的山

柴达木的山
矗立在戈壁与大漠之间
南是昆仑，北是祁连
它用长风挽着两座名山
和它们一样，不同凡响
统领着二十多万平方公里的荒原

柴达木的山
沉默了千年万年
不见漫卷的松涛
没有潺潺流泉
祁连之北，霍去病西征的马蹄
何曾把你惊醒
昆仑之上，文成公主的马队
你根本无心顾盼
盛唐的诗篇
让这里的荒凉节节败退

春风不度玉门关的诗句
早已魂飞胆丧
青海长云暗雪山的韵律
也被你阻在日月山的那边

柴达木的山啊
只有无情变幻的阳光
才能抚摸你
看清你的容颜
也许是风和雨，雪和冰
收拾打理了你凌乱的骨骼
使你有了比边关风更烈的性格
比铁更硬的躯体
比冰更冷的面目
比火还热的狰狞
让人望一眼，而心惊胆战
你的山上山下
没有战马引颈的嘶鸣
没有弯弓和旌旗的天空
没有人的脚印与创造
只有黄羊的足迹
和野狼的宣言

柴达木的山
是不能喝酒的山
若是喝酒

你必产生神奇的灵感
柴达木的山
是不会作诗的山
若是会作诗
你必像杏花春雨江南
柴达木的山
只会沉睡
你没有嚼着大片大片
云彩的片刻悠闲

沉睡，沉睡
花之沉睡
便死了春天
雨之沉睡
便死了秧田
柴达木的山啊
你之沉睡
上天是否规定了时间
不死的星光月光
怎能叫你冷漠如铁
东出西落的太阳
已给你发出火热的信笺
你要醒来啊，醒来
举起生命的火把
高擎火红的信念
让每一块石头的笑容

和太阳的笑容融合
让命运在春风里
来个一百八十度的转弯

柴达木的山啊
当我今天走进你的怀抱
方知，对你，我产生过误判
你倾诉了岁月的忠贞
你流淌过甘露清泉
你有过雪的纯洁
你有过云的飘逸
你有火一般的性格
太阳般的愿景
因为你浑身是宝
才没有生出满坡松杉
远去的王朝
没有西进的勇气
才使你似真似幻
因为你走过的岁月能力有限
才使你节节向西而十分遥远

山有山的歌声
山有山的模样
五花八门而丰富斑斓
柴达木的山生在西部
怎能像天柱、黄山

怎能像峨眉、庐山
你身上长满了金银铜铁
金银铜铁上，谁见过百花争艳
你脚下涌动着万顷石油
石油里岂能播种万亩秧田
敲开你的每一块石头
便走进财富的港口
哪一种元素不和现代化相连

柴达木的山
你的万古洪荒，已经
和今天的西部大开发
应和着一个鼓点
你醒来吧，梳梳妆，洗洗脸
根据时代的需要
带上你要奉献的东西
或向东，或向西
乘上天路的火车出发
用你的瑰宝点亮河山

荒原上有棵杨树

在我的心上，在世界的肩膀
挺拔着一棵杨树，万古荒原是它的背景

和大漠孤烟的长风没签订协议
在四野苍凉的天穹，它定海神针般挺起
春天由此诞生，枝条挥去瀚海千万年的泪水
那些白天兵看兵，晚上数星星的眼睛
第一次望见绿色的图腾
修路的士兵，把独自兀立的白杨
视为生命，稀贵如油的那碗水，他们珍惜又珍惜
早晨刷牙、洗脸，晚上洗脚，而后
伴随着月光，让它流进白杨之根
一滴不会浪费，一滴不会走失
让水去催生一抹绿色的精魂
落入土里的爱意，生出一种冲天的力气
杨树一年年长高，划出生命的轨迹
它是风沙世界中的唯一

浑身上下挂满毫不畏惧的精神

说它是站立的诗，不够精准
它是修路人落地生根的精气神
它是千里万里外故乡的缩影
它是母亲送给儿子可视可摸的叮咛
它是一座刚刚受孕的火车站
它是一面指示列车上天的旗
当东风第八次染绿它的额头
它用枝条挽来一条钢铁的彩虹

人们记得，它是睡在
送信送报的邮包里来到荒原的
邮差是大柴旦邮局职工
他叫卢代宽，退休后定居西宁

旅途

在修筑天路的日子
丈夫患了重病
妻子和六岁的儿子
搭乘马槽车去格尔木看病
四十多年前，从泉吉峡到格尔木
乘坐这样的车已属万幸
我和这家人，不是擦肩而过
也不是十分熟悉
仅是不止一次的一路同行
这样的同行，却让我的心，疼痛一生

患者靠着车帮，卧在军用被上
平平静静地呼吸着阳光和稀缺的氧气
他忧郁的目光，望着妻子，望着儿子
想着以前和以后的家事

她以前是一位美丽勤劳的姑娘

婚后，为让他安心多修铁路
家里一把，地里一把
女人瘦弱的肩膀扛起一家的重负
她泣血的心和痛苦的泪
发葬了丈夫的爹娘
还在饥渴的爱情里，为丈夫
为这个家添加新的成员
家里的一亩三分地
她极致地做到了精心耕种

后来，她随军了，告别了家乡的鸡鸭猪羊
盼望日子就像丈夫的军衣和帽徽
绿得很翠，红得鲜亮
发芽，开花，结果，幸福永长
想不到，高原压垮了家庭的栋梁
他病倒了，中天的红日突然变成落山的夕阳
他真的有些后怕
他若不在了，妻子儿子会不会像路边的苦苦菜
日子再没有指望
啊！目光，目光，一副担忧的目光

六岁的儿子十分懂事
用军用水壶不停地喂爸爸喝水
然后，用手帕给爸爸擦嘴
再后，又甜甜地亲了一口
妻子一直微笑着，给丈夫掖被子，量体温

用温暖拂去飘来的寒霜
她坐在家庭和爱情坚固的结构里
自信的目光，稀释着丈夫体内的黑暗
将病魔逼到逃走的方向
她像丈夫修路一样，是治家理家的内行
苦若来了，她会迎苦而上
把苦酿成美酒，醉出一个家的天堂

车在瀚海里前行，一百五十公里
需要四个小时的行程
车像搏击风浪的小船
一次一次，一月一年地摇着一家人的命运

大柴旦信箱

为兑现喜马拉雅山的请求
我把人生置放在一个不毛之地
那里没有名字，昆仑在南，祁连在北
荒凉与空旷，像是从月球上移来
它距大柴旦一百三十八公里
望断白云的眼睛，未逛过大柴旦的街道
可这个连想象中都不曾摸过的小镇
却是我最亲最近的邻居
大柴旦信箱，成为我的第二故乡

在蛮荒的一隅，我成为大柴旦的居民
我把信箱种在信封上，写下收信人的名字
十天或半月，它借助风的翅膀
携着我的滚烫思念，叩开几千里外的柴门
文字的声音，喊出爹娘一把热泪

十天或半月，田埂上的叹息与劳累

抱着母亲做的千层底鞋，又亲切地飞到信箱里
看不见、摸不着的信箱，为我履行着家的责任
把长年枯燥的日子把玩成温馨

退伍时，战友们含泪斟满六十度的互助大曲
为那个神秘的代号，不曾认识的信箱干杯
高兴得让人把酒当成凉白开，咕嘟一声下肚
喝醉了，硬说自己是景阳冈打虎的武松

二十年后，我终于走进大柴旦
邮局里关于信箱的资料，早被岁月掏空
只是说，当年在柴达木腹地
曾住过一支修路人，大柴旦帮他们邮递了
八年的书信，留下的那条铁路
就是他们扎根定格的青春

荒原书

为一条铁路，他们种子般
播进月球一样的荒原
白天兵看兵，晚上数星星
三千位男人的军装，绿成一片森林

那年，因为体检
三营来了一位女军医，她叫张淑敏
电影的晚会上，她成为万绿丛中的一点红
雄性的战士，瞬间将“我爱张淑敏”嵌进歌词
瞬间，一人领唱，众人跟进
个个像豪饮了高度的红高粱酒
唱红的歌声，沸腾着荒原的夜空
张淑敏立正站起，庄严地向几百位战士敬礼
她说，我的礼，代表天下所有爱兵的女人
多少年了，那一晚仍像昆仑一样沉重
像酒，一声一声醉了修路男人的心

初来荒原
漫天黄沙遮日头，风穿石头雪啃手
水凉，饭凉，菜凉，帐篷凉
菜是土豆、白菜、萝卜老三样
黄沙在米饭里，米饭在黄沙上
端起饭碗无食欲，放下饭碗饿得慌
日报变月报，新闻变旧闻
一年一场风，从春刮到冬
要听一声鸡叫，只有去翻《诗经》的音韵
思乡，只剩下空洞的地址
爹娘，在八千里外云和月的诗里
三个月来往的一次书信
方能捎来亲人的几行温馨

修路的铁锤与十字镐
一年到头在失重的空气中飞扬
他们把累吸入到骨肉
把无边的苦植入胸膛
可是，当一抹曙光升起，这一切全部忘光
天真可爱地又看到希望
为击碎生活的一片苦海
他们第一次买来猪崽
第一次垒起猪圈
像置身故乡放猪牧羊
第一次生出豆芽
像陪伴母亲进入伙房

第一次磨出豆腐
就想起村边田野的金浪
第一次养起鸡
就看到家乡雄鸡叫起的太阳
第一次开辟出菜园
就想起自家菜园里的清香
第一次建起浴池
几千个士兵把疲劳洗得精光
因为有了许多的第一次
黄沙碛里本无春的地方，生出一种弹性
长出了家乡一样的日子
喷薄出有滋有味的精魂
春色向他们不断地靠近

他们在这里苦干了整整八年
一百七十公里铁路就是一句呼啸的诗行
一段静默的历史
一幅冷峻的塑像
啊，虽然在荒原
那都是青藏铁路的一段脊梁

骆驼草自述

骆驼草，你说什么？声高声低……

我是骆驼草，我向人类求助
我是大漠中最顽强的生命
请给我，给我活的一线生机
黄沙抽打，使我遍体鳞伤
阳光暴晒，终年裸露着根须
我的头，有些被胡风扯断了
我的根，依然在黄沙下垂死呼吸
是的，我还呼吸
呼吸不等于就有生机
死，是一个枝条一个枝条到来的
活，也是一个枝条一个枝条地吐绿
这些年，死的总是多于活的
这些年，死的速度，总快于活的速度
对谁，我能说积郁心头的话语呢

谁，又能妙手回春让我蓬勃地繁殖
昔日，瀚海，一阵风剐走一层地皮
茫茫荒原，绿色无法立足，全部出局
包括红柳我的姐妹
包括格桑花我的兄弟
只有我，用生命抓住大地
顽强地向下，向下，寻找水分
然后，拼命向上，向上
才给这大漠抹上淡淡的春意

风摇绿枝，是我豪迈的歌唱
黄羊、狡兔在我的绿荫下玩闹耍戏
我用枝条填饱了骆驼的肠胃
肥壮它们强壮的身体
因此，它们才成为生命的山冈、沙漠之舟
游走千里戈壁，成为沙海的运输工具
没有我，再多的骆驼都会成为一堆骨头

怎能想象，我绿色的梦被一把把利斧砍碎
他们把我一片片地砍死
让我的绿色成为锅灶下的火焰
锅里的饭熟了，我的理想死了
一缕缕炊烟，都是我升天的冤魂……

骆驼草，你说什么？声高声低……
我是骆驼草，我含泪向人类请求
请手下留情，结束我生命的悲剧
切莫只顾一时的取暖生灶，给荒原剥下绿衣
切莫只图一时之快，让风沙蹂躏土地
不要看我长不过云杉青松
三尺高的骆驼草，生命都经历了一个世纪
我若死了，谁能从戈壁中摇出一抹春意
谁能帮助骆驼去跋涉千里戈壁

我是骆驼草，也是哨兵
没有我不屈的身体同风沙抗击
风沙对城市与乡村的侵袭会永远延续
人类，请放下你们的斧、你们的刀吧
来到大漠，修一里路是创业，开一座矿是创业
留下一根骆驼草也是创业
失之亏欠，得之满溢
天长之胜负，地久之无敌
全凭绿色，都靠草木的一呼一吸
有我绿色的点缀，辽阔的大戈壁才壮丽无比
有我轻拍着创业者帐篷，你们才能安心入睡
有我在，你们在创业的路上
才少吃一些沙粒
你们的子孙和我的子孙一起努力

沙海会长出无边的绿色涟漪
最后荒原变成江南一般的土地
穷尽天下之理，最高尚的莫过于天人合一

骆驼草，你说的这一切，人类会记在心里
记在心里，弘扬永恒的天人合一

初访盐湖

黎明时分，我闯进这片“沃土”
无边的辽阔，兴奋的目光格外精神
它大得无边，肥得流油
为什么没吐出一粒五谷
为什么没长出一根草或其他植物
它有土地的光芒啊，当有关土地的富有
进入我的修辞，眼前的一切把我搞得十分迷茫
因为，对这里的地理和它的出身我还不够清楚

不能怪我对土地的全情投入
就是我的爷爷走进这片土地
他也一定会用全部思索的力量
规划打算，哪里种豆，哪里种谷
哪里种下烟草，哪里种下桑园
以回天的力气在这里种上五谷

地理先生，从柴达木的结构中

抬出一部历史文献
告诉人们，这里是盐湖，不是荒原
它用一个肥沃的外形，和能够收成的样子
盛开着欺骗

盐湖掀翻了土地的魅力与概念
怎能长成出高粱、黄豆、小麦
怎能让野兔坐窝任性，让烟柳拨弄风声
几千几万年，或许更长更长的时间
白色的盐湖，站在蓝天之下，安静如噤声的海潮
黄沙在风中飞舞，把它染成土地
它将风和黄沙吃到胃里
像石头一样尖锐
当人类的脚印还没留在这里
谁知道盐湖的手势和诉求的口形
谁看到盐湖的作用和它的富足
它沉睡，它做梦，把黄金身段
睡成岩石般的冷漠

好了，现在好了，东风想让它换一种活法
在这里修一条天路，让它献出热能
一扫远古走来的历史悲凉
请握紧岁月的丰润，阳光与清风的春词
高兴地大笑着上路
把前世的压抑和失意以及灵魂的抱负
沉淀和凝聚成力量

这里的盐虽不能食用，却是不可或缺的工业元素
告别盐湖，它或许走上飞机
或许步入坦克，或许走上航天征途
因为是盐，咸味不会改变，无论在什么岗位
那脱胎换骨的晶莹
那闪光透亮的身躯
都呈现出青藏高原的风景
那体内蛰伏着浩瀚无边的大漠
云卷云舒的昆仑

立篷

在四海为家的日子里，取出一顶帐篷
在盐湖的胸膛植下
想不到它瞪圆气恼的双眼
在我的地盘上安家
有没有我的批准
盐湖喷出眼睛里的怒火
向我舞起沙剑风刀
这伙计真不够意思
初次见面，没有暖烘烘的情怀盛开
脸上也不挂一丝一毫的微笑
似乎要把我一路走来的热情连根拔掉
罢了，罢了，世代无人问津的盐湖
原谅你的无礼与傲慢
告诉你，祖国的地图是我的通行证
试问，帐篷何处不能落脚

用失败安慰你的命运吧

我挺拔的青春和帐篷会在这里扎牢
砸下绳索，一股风又把绳索拔起
通天扯地的狂风，抵达宇宙的浩渺
就这样，我们与风
反反复复搏斗，反反复复摔跤
盐湖的大风哟，把我的脸吹成冬天的树皮
把我的手咬得布满口子，一片灿烂
这里的风，实在狡猾
这边和我摔跤，那边
卷走了我的锅碗瓢盆和背包

当夜色收走最后一缕夕阳，第一顶帐篷
总算在风中立起，抽一支香烟，抛一声微笑
让盐湖的第一夜去消解所有的疲劳

是夜，我在打鼾，老王在说梦话
班长撩开帐篷的一角，看着月亮
那种明，那种亮，像家乡的油菜花一样
对于这高原的明月
李白的诗句都显得格外苍白

瞬间，就是瞬间，突然月黑风高
扑来了一次更大的风暴
呼啦啦卷走了帐篷
卷走了老王的裤子
也卷起一阵慌忙与大笑

黎明，我们在三十里外找回帐篷
虽辛苦一夜，但战士们每句话都很有味道
与风摔跤，这经历独一无二
只能是发生在这盐湖。这一生这一世，难忘今宵
太阳出来了，它问我们今天干什么工作
班长说：风是久违的朋友，今天继续和它摔跤

小船

一觉醒来，没想到床前出现一道奇观
一双双鞋儿，两头翘起，像一排
绿色的小船，盐湖
你像魔术师一样，把生活的万花筒
全部颠翻，让黑变白，让白变黑
还能让鞋子变成小船
真是佩服盐湖，你揣着多少化学元素
从空气到水，再到食物
到我们的解放鞋和衣服
具有那么大腐蚀性，危机四伏，险情密布
第一个夜晚，你把鞋儿当成碧潭里的小舟

三山五岳的生活，给我太多的经历
不过，一夜之间，鞋能变船
让我握起刻骨铭心的记忆
盐湖使我见识了生活的千奇百怪
就这么一点，我便可以骄傲地向未来述说

某年，某月，某个日子
在盐湖与惊天动地无关的资历

盐湖为什么把鞋子折成小船
文字可以洞穿这万古的风云
远古，远古的远方
柴达木不就是喧哗的大海吗
那时，波峰浪谷间，未曾有渔歌飞旋
盐湖，是大海留下的梦
龟裂，洪荒，写满盐湖的年鉴
也许，对生命之海追求的太久
渴望在自己的岁月里，用波涛的力量托起白帆
筑路者的到来，喜得盐湖夜不成寐
把希望塞到鞋里，远航，去治愈沉睡的时间

啊！盐湖，算猜透了筑路人的心愿
这一双双脚曾踏遍塞北江南
来到盐湖，鞋儿成了你心上之船
好吧，让它载上你的全部感情
在这里，我们要开辟一条金色的航线

鸟声是另一种旗帜

这里，生命早已递减到零
天空，找不到一根鸟翅
茫茫察尔汗盐湖，风中竟抖出几声鸟鸣
奇怪，真是奇怪
盐粒里挖不出春天的根须
哪里飞来鸟啼的诗意
莫非是调皮鬼逗人，模仿鸟音，做一次鸟儿
撩开幻景的雾幔，仔细一看
啊，帐篷旁悬挂一鸟笼
两只鸟无酒成席，亲情稠酽，相携相依

我们追着风的脚步，向盐湖转场
筑路战士，装着一腔浓郁的情趣
这里空气都腌成了腊肉，生活该有多么单调
春意不圆心意圆
提来两只鸟儿，让生灵唱出翠竹般的身姿
闲暇时，软软的清唇对鸟儿打个啁啾

乐趣中，扫尽一身倦意
小鸟啊，时常也会扯出战士远方的故事
你争着，他抢着，讲述在故乡
如何上树捉鸟和掏鸟蛋的情趣

小鸟没有困锁拥堵的心灵
只是想沿着鸟鸣蛙鼓的传统剔除杂念
让听歌的人，拥抱一曲心灵的横笛
小鸟，筑路战士的歌唱家
它每天携着爱，裹着暖
是家乡的亲情
是声音的旗帜
把战士荒凉的心地垦殖

晨趣

黎明从香甜的梦里走出来
顿时，帐篷里盛开出灿烂的笑声
年龄的脚步全乱套了
各人的头发、胡子、眉毛，都急哇哇地寻找自己
怎么，一夜自己丢了自己
怎么，一梦梦得自己不像自己
老人的模样替代了青春
一个环境挑逗一代年龄

盐湖的夜，调皮而泼辣
像捣蛋逗乐的娃娃
它见战士疲倦入梦
便抓起盐霜在他们头上又涂又搽
没胡子的，让你白了嘴唇
黑发的，把你染成白发
眉毛的功夫，做得很细
有的似柳叶，有的像鹅毛

把化妆师的灵感饱满地发挥
一夜变脸，成为生活盛宴的一把佐料
一曲入梦变老的歌
在修路的故事里传播

“我不老，青春也没受到惊吓”
战士互相嘲逗，谁也不放过对家
小王说小李：月姑娘对他产生爱情
有意给他抹上香粉一把
小周说小张：一夜变成八十岁的老汉
这下愁煞了故乡能歌善舞的她
小张从挎包里掏出书信一摞
人家愁不愁，这是心里话
班长说：我们筑路，盐湖盛情难却
抛一把盐霜，表示它的爱，深情而博大
我们把它打扮得年轻漂亮
它给我们化妆，一副老成白发
双方登台唱戏
唱一出青藏高原今世的“四世同堂”

盐花

劈高山，填大海
留下满手老茧
察尔汗盐湖，请你告诉我
你赠战士啥

盐湖微微笑
送你朵朵奇特的花

春不到盐湖，哪有什么花
分明是卤水身上洒
来吧，绿色的军衣像棵树
上上下下任你挂

盐湖说，我是刀，我有牙
你敢和我比高下
战士笑，我是钢，我是铁
你要怎么打，咱就怎么打

盐花和军衣拼“刺刀”
正好给这“绿树”剪枝杈
卤水在皮肤上磨牙齿
正好锤炼战士的铁骨架

盐花，是盐湖献上的功勋章
挂得越多，我功劳越大
盐花，是银光闪烁的天上星
和战士的理想一同放光华

盐湖野炊

搬来几块坚硬的盐岩
扯一缕夕阳将火点燃
今天，在盐湖第一次野炊
风儿扑过来，也想吃一顿美餐

饭尚未熟，香喷喷的味道
便从锅里溜出
我正贪婪地品味着
突然，锅灶却塌了一半
啊，撑锅的盐岩烧熔了两块
一片卤水在火光里打闪

盐湖啊，笑我们头脑简单
竟然把盐岩当成了石块
调皮地开个小小的玩笑
烈火化盐，让我们上当受骗
于是，找来一根铁丝重新吊起铝锅

在悬空的灶上我们继续煮饭

火啊，伴着笑声在锅下跳蹿
水啊，随着歌声在锅里打漩
战士的心情激活了沉寂的盐湖
明天，一条铁路就要从湖上穿越

万丈盐桥

察尔汗盐湖，举着岩石的硬度
腹内，却是遇重即陷的卤水
深不可测，多年开采，它依然如故
铁路，穿越这样的地下天险
建设史上，还不曾有过纪录

对！就在被漫天黄沙围起的盐湖
就是这与冻土并列的筑路难度
被视为修筑天路的阻碍
中国的西部缺少的是路
中国人当然要为西部修路
为战胜盐湖这只拦路虎，于是
青海的、北京的戴着眼镜的地质、力学
军队的、地方的白发的物理、几何
男的、女的，擎着黎明，披着夜幕
把科学与智慧进行排列组合
一一推理，一一计算，一一实验

为彩虹飞上昆仑辟路

在盐湖上铺路
铁不能用，钢不能用
用什么筑起盐湖地下看不见的坚固
这里几乎定格了全国的目光
不然，铁路无法抵达格尔木
只能在盐湖的北岸止步
自高自大的盐湖举起战胜人类的傲慢旗子
而修路人，也迈开了更大的步幅

他们的思想首先进入浩瀚的黄沙
激活沙粒没有生命的抱负
让它战胜自己死亡的循环
从细胞中喷发出献身的欲望
交响起向西、向西的精神
打沙桩，打沙桩，打沙桩
他们终于在黄沙中找到克难的种子
在理想中找到了前进之途
挤密沙桩机，把黄沙注进盐湖腹内
这里，水能覆舟的旧话也被埋葬

黄沙是柴达木的特产
万吨，亿吨，用多少就有多少
黄沙，你这个大漠中的流浪汉
为人类何曾贡献过正义的力量

建设万丈盐桥，你突然站到了境界的高处
与人类有了情感的接触
于是，三十多公里，一万多丈
五万七千根沙桩进入了盐湖之腹

那是十五个珠峰的高度
十五座珠峰肩并肩、手挽手扛起万丈盐桥
让万古洪荒的盐湖有了直立的硬度
黄沙进入盐湖之腹
变成了诗歌，辉煌、英雄的形象
变成了担当，负重、无畏的风骨
变成了永不面世的沉默勇士
变成了志在飞天的地下之龙

黄沙进入盐湖的地下
西部便有了崛起的骨架
铁路到达格尔木，继而挺进拉萨

黄沙生而不死，地下重生
长年在卤水中浸泡，它已成金身钢骨
它的理想，在铁路上飞翔
它的沉默，也是奉献者的风度

邻居

一串鞭花，圈起草原那飘动的牛群
淡淡的月色，将晚霞推入大地
哈萨克族大嫂，踏过溪水上的那座木桥
接宝宝，走向小河这边护路战士的新居

草原上，溪水分开军民两户
木板搭桥，又将他们紧密连起
牧鞭系着大嫂繁忙的生活
马背上奔跑，襁褓中的婴儿怎能经起

大嫂的困难，被护路战士推平，拉直
每天抱去孩子，喂他牛奶，哄他入睡
虽然，护路小站多了一位客人
护路的生活，却添了几分诗意

此刻，大嫂走进温暖的小屋
灯下，摇篮里躺着心爱的娇儿

手握着红五星，正牙牙学语
明亮的大眼睛，一闪一闪望着叔叔的军衣

大嫂亲昵地抱起可爱的宝宝
心窝里涌起无尽的感激
他们是钢刀，守护着钢铁大道
他们是阳光，沐浴着祖国的花儿

战士送大嫂走过小桥
月光正洒满盛茂的草地
明天，孩子还要如期而来
如浪的草原上回荡着爱民的新曲

琴鹅河

一股清亮的力量
从昆仑山的冰川里释放
爆出一条溪流
扑身向下的岁月，小溪长成河流
河的温柔的臂弯里
萌生一棵柳树
接着又冒出一棵杨树
飞来的鸟儿在此种下自己的小屋
一年又一年
这里，长成一座小城

河的右岸，青青草地旁
无声地生出一座军营
在一个浪喧草长的清晨
河边立一位拉风琴的姑娘
她是一位女兵，是西子湖的女儿
悠长的琴声，在浪尖上飞翔

饱饮琴声的河水，牵住了云儿
小草也都打起精神
一位有思想的观众，是一只黑天鹅
昂着长长的颈，高贵地站在河心的沙汀上
全神贯注，认真聆听
岸上，水中，一对亭亭玉立的身姿
成为一首诗，一道风景
一曲完毕，黑天鹅扇起翅膀鼓掌
一月，一年，岸上，水上
再现的还是那幅景象
复活的还是那首诗章
拉琴女兵和那只天鹅
在空旷的河边，站成依恋
无名的小河，成为她们心灵的天空

后来，拉琴的女兵走了
河上少了天鹅的踪影
但那曾经的诗意并未抹去
琴鹅河，成为这条河的名字
那条河里，活着这一幕纯洁的风景

格尔木

论资历，它与昆仑同龄
有阅尽人间春色的历史
说年轻，它没见过商周的青铜器
没读过秦隶汉碑
甚至，连明清的戏曲都不曾听过
1953 年冬天，它会晤了慕生忠那一批人
这才算结识了人类

格尔木接纳了将军的那根柳棍拐杖
它与春天才有了联姻
有了望柳庄，有了树林，有了麦田
后来，有了山东的知青
用理想和汗水喂出了粮食
又用本地的粮食去喂了辽阔的荒原
让丰收或失败触摸到
点燃开发火种的力量
流了亿万年的格尔木河

终于有了用场，每滴水都迸发出生命和希望
格尔木，用一棵树的根须
连起一座城和西部的壮丽风景

格尔木接纳了将军的六顶帐篷
在这荒原的尽头
长出一颗生成一座城市的雄心
六顶帐篷是会发芽的根
虽然一言不发，却生出无数高楼，无数军营
这里有了数字的裂变
有了产值的节节上升
有了脚手架的拔地入云
这里每个黎明，都从军号里跳出
这里每个夜晚，都望得见披雪的昆仑
这里每一次狂风，都能翻江倒海
这里每一片白云，都纯洁成发光的钻石
于是，这里住下了五湖四海
住下了哈萨克族牧民的歌声和诗

格尔木接纳了将军劈路的铁镐
这里就有了道路，北到柳园，东到香日德
西到拉萨，一条天路，成为东方的奇迹
它不仅劈开了无路的黑夜
也劈开了千年不醒的历史
大地苍茫，货物流通
一条天路，一条巨大的黄金运河

一月一年，滔滔流向西藏
从黎明到黄昏，四千里青藏线
阳光、月光、星光为它照亮
偶尔风雪与寒冷也会放进灯盏
为它发热发光

后来，格尔木有了铁路，有了空港
全身的闭塞，因交通发达而解除
希望，扶着它威风凛凛地站在西部
它包容了一切困阻与坚强
因而有了没有终点的健康成长
右手一挽是拉萨
左手一牵是西宁
四千里青藏高原，它朝中间一站
城市雄伟得像昆仑山一样

格尔木的那场大风

1979 年，格尔木刮起一场大风
折断三分之二的烟囱
魔鬼撒旦，站在狂风头上
一抬手摘掉下午四点的太阳
提来一个浓黑浓黑的暗夜
将光明囚于伸手不见五指的地狱

格尔木说，这作恶的风
没有籍贯和家谱，无爹无娘
它不是八百里瀚海的子孙
昆仑山说，这里千年未刮过这样的妖风
它是杀人的剑，赶山的鞭
把白昼踩成黑夜，把太阳赶到了异乡

是的，这风残忍，它想扭断格尔木明珠般的头颅
或者把它刮到青海湖以东的西宁
至于修路人的军营，当然不会放过

哪来哪回，滚回巴山那边的重庆

那天，一位排长发现黑色的蘑菇云呼啸扑来
他掉头向军营报信：老天爷塌下来了
那天政治部主任刘忠恩，在军营里走路
因为露天，这风，险些要了他的性命

军营对风沙，一年四季，严防死守
合理的结构醒着，门窗有棉布帘充当警卫
可是，风钻进来了，沙钻进来了
进来了，扑向桌椅板凳
扑向饭碗、茶缸、牙刷
进来了，扑向棉被、床单
扑向脸盆、鞋壳、书架
它们野蛮地横扫房间，侵犯着一切
灯下，两人对站，你看我灰头，我看你土脸
双层口罩捂嘴，沙子还是钻进喉咙
弥漫的黄沙，一层一层深入体内

第二天，一身沙尘的团长向师长报告
昨晚的大风，铁路上没刮走一根道钉
工地上没丢失一个士兵
因为猛吃一顿黄沙
每个士兵增加了三两体重
师长哈哈大笑：敢吃黄沙，才能打败风沙
再大的风沙，也阻不了我们与高原形影不离
这条天路，再苦再难都会修到拉萨

寄到昆仑的上海牌手表

你将一块上海牌手表
由南京路寄到昆仑
你说：按照北京的时间
让我们的青春同频共振

多么好啊，青春的同频共振
同频共振的青春
让我的叫喊的风枪和诗行都激动了
爬冰卧雪时，把这渴望捂得很紧

但是，我忘了身边的地理现状
昆仑比上海高出四千多米
生活上，上海远远高过巍巍昆仑
青海湖东岸的日月山
分开了上海、青海的日月
同样是一轮太阳
彼此获得的却是一肥一瘦的热能

同样是一个季节
一个怀里抱的是清风春草
一个身上披的是暴雪寒冰

假日，你漫步世人向往的外滩
目光收割着黄浦江的夜景
我呢，抡着八磅的木柄铁锤
砸实落在枕木上的那缕月光

我在沱沱河，放下一只纸船
向长江之尾捎去两句诗行
不料，走至通天河，纸船翻了
此刻，江之尾的你，正在梦乡

万里之外，云泥之别的时差
一百八十度的生活半径
人生虽按一个时间调度
青春的步调也总难同频

后来，隧道里落下一块石头
砸碎了这块手表，它用嘀嗒奔跑的生命
保护了我这结满老茧的粗手
没有了手表，我只好用晚于上海的日月
去衡量高原漫长的春秋

浦江之月

你，悬在夜空的天上
让这个城市的真实与诗意
温柔地睡在倒影里
因为这美丽的月色
高楼，树木
找到生梦的温床

虽然我已走向昆仑
但亦曾短暂地沐浴过月光
转过身去，眼中掠过久久的哀痛
梳理出的缕缕思念
扎根高原的心思不再彷徨

不是远遁的远遁
在高原，心灵总在时间长河里激荡
想翻过去，总翻不过去
这灵魂，这骨架，这肉体

一如既往地扯拉着青春的时光
穷通天地，寻不到轻巧的方式
爱过浦江的月，再次扛起昆仑的月亮
同是一轮月亮，有圆有缺
别再管它昆仑、海上
休再论它得失、痛痒

他和她

他家和她家
屋前屋后
他家门前种桃
她家门口栽竹
他喊她小妹
哥哥，是她对他的称呼
五年前，他从军入伍
那时，十五岁的她
还在学校读书
五年了，他一直在昆仑修路
五年后，她成为务农的村姑
父母皆不识字
儿子的每封来信
都由村姑代复
春天，他寄自昆仑的来信
一扫爬冰卧雪的幽情苦绪
那理想仿佛在字里行间飞舞

她代他父母回信
捎去故乡一个湿漉漉的春晨
每个字，都像会叫的布谷
夏天，他从雪域来信
说他掘进的隧道，开一代先河
张扬出一代军人的抱负
她代他父母回信
每句话都像家乡的田野
以碧绿的色彩，表达盛夏的炽热
秋天，他从大漠的工地来信
说那里缺水，无树，十分寂寞
她代他父母回信
寄去红枣、花生
说家乡果实累累的收成
给他的生活送去金秋的喜悦
冬天，他从草原来信
说他在一次施工中砸伤了胳膊
这封信，她瞒了他的父母
关心，体恤
吐气若兰，爱心若浴
几瓣心香，或泣或哭
她直言交代，好好养伤
家里有我，不要挂念父母
突然间，一位村姑变得顶天立地

当兵五年，他已经是班长了

他不知自己的前途
究竟是退是进
是南征还是北渡
这一切都不想了
既然站在昆仑，就得耐住寂寞
唯有不变的，是敬重故乡的小妹
像敬重自己的铺路事业
像敬重一支心底的歌
用温润的高声低声
精心选择该吐的一字一音

她照顾这个家，也有三年了
她把自己也当成班长
管理着这个家的春播秋收
和年迈父母的头疼脑热

他和她，就是这些
不知道两颗心能否走到很热的地方

路魂

本来是一块石头
烈火沐浴，使它脱胎换骨而重生
冷却后，那通亮火红的理想
变成长长的钢筋。负重的担当精神
流淌在周身的螺纹里。它的兄弟
不少攀上春光欲滴的摩天大楼
昂扬地装点莺歌燕舞的天空
它呢，却义无反顾地扎进
铁路的轨枕里，成为荷载的坚实核心
像人体中的筋和脉
让水泥的每一个细胞有了灵魂
生出巨大的力量，让列车飞行

平凡而坚韧的钢筋
把身体浓缩成盘桓的静美
身下的大地，像母亲平缓地呼吸着
身上的列车，载着欢腾微笑的面庞

钢筋啊，钢筋
它的棱棱角角，或者曲曲折折
把中国的脸面和精神
打扮得那么整齐、大气、荣光
它摒弃了拔地而起的风流
在没有窗户的轨枕里
找到自己的位置
它以特殊结构的能力，团结的意志
复活肩上的大任

乘车穿过我开凿的隧道

题记：著名诗人、《诗刊》青春诗会的发起者、中国诗坛的资深园丁、铁道兵老战士王燕生先生，于2004年乘车穿过1959年他下连当兵时开凿的湘黔线上平渠越岭隧道，写下《乘车穿过我开凿的隧道》一诗。与这位前辈诗人一样，2022年我乘车穿越1976年我和战友开凿的青藏铁路上的锡铁山隧道。时隔46年，以同题诗作，献给流逝的青春岁月。

和诗人穿过的隧道一样
它一张口，便吞掉了一路阳光
隆隆的轮轨声和扑来的黑暗
拽起回忆在心头生长

是的，这是我和战友开凿的隧道
这里的高度，用天度量
厚厚的防尘罩，捂着鼻和嘴
使缺氧的隧道更加缺氧
突进的风枪，在大山心脏里呼啸

震酸我的手，也震麻了肩膀
苦，是真苦；累，是真累
班务会上，我却覆盖了苦和累的真相
用累不累，想想革命老前辈
苦不苦，想想长征二万五的豪言壮语
去妆扮自己的精神硬度
盖因追逐一种前进的方向
也想因此换得一句连长的表扬

那是一种可爱纯洁的撒谎
一群年轻天真的心
即便说假话，都互不设防
想做一个不屈的战士
长夜里做梦都默默地进入石头
梦醒后，聚来更多的力量
风枪吼叫得也格外欢畅
没有别的选择
不想有什么选择
我是修路的士兵
风枪的岗位
就是我站立的地方
扑来的风和粉尘上
闪烁着我的理想

就是在这里，塌方了
为救我，班长砸掉了一条臂膀

他是湖南人，退伍后
一个山乡的农民，用他的独臂
去辛苦地经营后半生的小康

隧道打通了，我拥有了两个故乡
在东方的故乡，父母喂养了我的青春
在西面的故乡，我用青春去泼绿青藏
一条隧道，把我人生的航线，拓得无比宽广

短暂的两分钟
我穿过隧道
穿过四十六年的时光
当年，打隧道的战友你们可好
想想，流在这里的每一滴汗水
晚年，对儿孙就有诉不完的衷肠

万宝沟

题记：昆仑山上有个叫万宝沟的地方，传说白娘子为救许仙，曾到此盗了西王母娘娘的仙草，挽救了许仙的生命。

明月照着我，在万宝沟支下帐房
帐房前，透过轻纱般的白云，我遥望月光
有一只白鹤，驭月光而来，白娘子
那是你吗？为救夫来到这雪域山梁

西子湖畔，你有过三月的柔情细语
红楼之内，也有过洞房花烛下的姿颜容光
何曾想，规矩是别人的，干预会从天而降
法海一杯酒，窒息了许公子幼稚的心房

你九死一生，就是为了一个爱字，变一只
白鹤飞来，盗仙草，救夫君，不畏彷徨
颠簸悲苦，荆棘丛生，何曾退却
让爱情之花，在断桥处再次开放

也好，来一次昆仑，你什么都不再惧怕
一万里的爱，会使你的心更加坚强
万宝沟，不仅有驱邪的仙草
还会给你战胜法海的力量

你看，从传说到现实，多少人像昆仑一样站起
像山一样活着，绽放中华儿女的火焰与光芒
你的勇敢，激励着追求爱和奉献的人
痴心不改，一定会换来明媚的春光

今晚，天上那轮明月，没有污染
是从昆仑的瑶池里刚刚捞起
她象征着爱，除万宝沟外，这世界
哪里还有这么纯洁的月亮

一群雕像

战友，是他们共同的名字
牺牲，是他们生命的归宿
在哈尔盖到格尔木的修路岁月里
他们把命摔进黄沙，终断了以后的锦绣人生

远方，故乡被风鼓起的思念
像北去的湘江，南流的汾水
似绵延的太行和比哭还痛的秦腔
由于路途遥远，长望当路，一条毛巾
抚慰了父母的悲伤和抹泪的手背
把对儿魂的牵挂，推到了太阳肩上

2001 年，战士之血灌注的天路再次上马
他们的老部队回来了，在八百里瀚海
在一根根将枯的木牌下，按响亡者的门铃
接五十七位战友到格尔木的陵园入住

仍然是一声军号，让他们站成一道巍峨的山岭
五十七人，一个排的编制，站在天路
一期的终点与二期的起点上
检阅修路人，喘着踏实的气息，跃马昆仑
他们把火车看成连贯的理想
绽放在那个美丽的时辰

五十七人是一群雕像
以他们生命之源的枯竭
告诉后来者，怎样用以人为本的理念
去擦亮每一天的日出与日落
让父母多一点笑声，少一点愁容
让自己的梦更香，让爱人的梦更甜

五十七人是一群雕像
每人都能讲出一段孤独的人生
生命埋入黄沙中，不如听鸟儿唱歌
不如听火车说话，不如听战友拉呱
他们告诉后来者，创业是自己的人生
活着，是为了一生拥抱太阳

五十七人是一群雕像
一路没有语言的目光
盯着自己的队伍哪天越过唐古拉
哪天把铁路铺进拉萨

哪一天把风雪夜牵进黎明
哪一天把珠峰铺满彩霞

五十七人是一群雕像
以死当生，顶天立地
依然具有逢山凿路的力量

第三辑

梦圆青藏

日月山

登日月山，脚步踩着有血有肉的历史
复活了地理，和这里发生的故事
你如火如血的山体，土石皆赤，赤地无毛
人们摸到这火烫的骨骼后，给你取名“赤岭”
这个名字，闪烁着你命运的荒冷悲苦

这里，结束了黄土高原年迈的心跳
这里，青藏高原打开了又一扇陌生的大门

辽阔的天地之间，通往远古的驿道
穿过岁月的风雨，一个动人的故事直扑大唐
文成公主，肩负着大唐王朝和平安宁的使命
远赴西藏，把爱情植在喜马拉雅山起伏的胸膛
也把大汉的文明与唐诗种在天上
一路走来，何其艰辛，放眼西望，又何其苍茫
在日月山顶，她拨开白云的音节
取出怀中的青铜宝镜，想以浓浓的乡愁

照一照繁荣的长安，和养育她的那片肥沃的土壤
不料，镜子落在地上，摔成两半
东面的半块，照出西天的月亮
西面的半块，映出东方的太阳
于是，这赤红的岩石上，长出一个新的名字：日月山
大唐公主，以此为碑，不再彷徨，坚定的脚步
去温暖铺展而去的无垠的荒凉

今天，我站在日月山上
身后的东方，一片春色，眼前的一切
沙一般枯黄，雪一样冰凉
可想一想文成公主，心就热得滚烫
一千多年前，皇帝的女儿
二年零三个月的步伐，踏热多少雪山冰峰
当今的男子汉，难道没有翱翔的翅膀
抹去飞进眼里的尘埃，我要投身高原练习飞翔
努力飞到珠峰的高度，去完成爱恋高原的愿望
我要为青藏高原修把钥匙一样的铁路
打开这封闭千年的铁锁
把当年日月山上的茶马互市，摆放在整个青藏

一条铁路顽强地西征

世上，少有这样顽强而神奇的铁路
飞天路上，竟一次次断头
于海晏、哈尔盖、格尔木
像一棵斩首树，虽死未死，根系泥土
把自己抛进梦魇的荒原
历尽生之旅的峥嵘与残酷
微颤的唇抿几滴晨露，吞一把黄沙
喝几股胡风，吸一口地气
用几年、十几年、几十年的呼唤
唤醒了昆仑那萧索荒冷的黎明
那一缕嫩芽的梦想，于断头处咕嘟一声
又长出一颗鲜活的头颅
重新调适体内的器官与血液
沿着未竟之路，坐在春风头上
孑然一身，再次攀爬芜漫的风程雪途

回望断头的病历，页页都写满泣血的悲壮

不是被黑风掏去心脏，就是被飞石砸破脑袋
或是被暴雪扼住咽喉，或是被冰刀割断血脉
每次断头后的重生，史诗般刻进西行的路上

也许如此，才构成一阶阶天路的梯子
每次断头，结束的是一个尴尬的过去
开始的是一个全新的航程
复活的季节，是给无力的骨头补钙
是给失血的躯体补血
是从失语中提取虎啸龙吟
是从瘫痪的词汇里扶起上马的动词
是给不度玉门关的春风插上翅膀
自由地去飞巡昆仑珠峰
给高卧于冰峰的荒原，换来永恒的柳暗花明
断头的一页翻过，铁路以九死不悔的精神
向着无路的远方长征

开天辟地，需要继往开来的接力
待后来的力量积聚，于格尔木生成的那颗头颅
一气呵成地扑向拉萨

德令哈

落叶，夕阳
秋风追着乌鸦
环绕着白杨
自行车的铃声
把小城摇成寂静

城北，祁连披一身白雪
城南，城西，辽远的戈壁一片苍茫
冬天从远处伸来的手
从头到脚，把小城摸得苍白荒凉

我，曾经的建设者
把汗水泼给了这里的彩虹
将这里视为自己的第二故乡
而今，走遍小城
寻不见一丝熟悉的目光
走进了小城

陌生又把我推向小城之外
寻亲的热情
被秋风糊上一层忧伤

我终于明白：诗意与事实的距离
第二故乡，这词不能随意置放
自己的青春，青春时早已消费
到了中年和老年
别去想过五关斩六将的时光
早年，我烙在这里的脚印
四十年来，已被岁月的雨水洗去
我的身份，只是这里的一个旅人

德令哈，寂寞的小城
这次回访，我送你的是一夜失眠
你送我的是那轮冰冷的月亮

南山口“上马”

上马，下马。上马，下马。上马
四十五年的天路
这就是你的简历
简单又十分复杂

扛起重负，卸下重负
三次扛起，两个卸下
这就是建设者的经历
五味杂陈，欲说还休

天路，每登一个梯级
便人困马乏
躺平成为你的习惯
用四十五年的光阴
走过八百里瀚海
爬高三个梯级
每年行程不足二十公里

借用一句昌耀的诗歌表达：你是
盘屈起的一条铁铸的蟒蛇
脚踝上，镀上了屈辱的标记

南山口，是 1978 年抵达的终点
南山口，又是今日“上马”的起点
那时，你无奈地趴在这里等待时机
我们痛苦地翻过日月山东去
分手时，我们垂头丧气
归来日，擎着自豪，觉得比昆仑
还高出一头

是的，从第三梯级到第四梯级
是二十多年岁月，一个一个垒成
这期间，我们从河东转到河西
这期间，中国跑得很远很远
摸石头过河，摸出一条道路宽广无比
为了摸得更彻底广泛
我们把手伸向西部，摸清那里山水的心思
摸了昆仑的石头
摸了风火山的石头
摸了唐古拉的石头
摸了几百公里冰冷的冻土
摸出几十摞妙手回春的秘密
摸得那一千多公里山水直喊铁路
摸热了布达拉宫，使它激动万分

还记得吗，昌耀笔下大山囚徒的八磅大锤
已经被捐给格尔木博物馆了
我们这次重上青藏
开着现代化的机器
东风，送来了润肺的氧气
揣来了给冻土治病的一千二百万个秘方
还有和藏羚羊、野驴、野狼
签订的和谐共处的协议

让上天的力量，从一个山巅
站到另一个更高的山巅
从一条大河，跨过另一条更深的大河
青藏铁路，做过四十多年荒原的囚徒
请你抛弃历史绊脚的锁链吧
在你五十岁时，你肯定到达拉萨
那时，你借雅鲁藏布江的碧水
洗去跋涉而来的一身征尘
潇洒地站在拉萨街头，讲述你半个世纪不平凡的经历

天路，请在南山口“上马”
今天，我们向拉萨进发

西格办专用线

西格办
是西藏格尔木办事处的简称
一条三公里的专用线
没有任何壮语与动词的修饰
它朴素实在，代表西藏与格尔木握手
它的肺吸着铁路的八面来风
不懈地呼唤，“下马”的铁路复活
攀缘昆仑、唐古拉而上，要快捷而沉稳

1978 年冬，昆仑那边的冻土
偷偷与这边贫血的科技密谋
不让铁路登上通天的梯子
它们硬是把垒起的桥墩踏成石头
向西挺进的宏图，嵌入历史的相框
铁路在跃马昆仑的清晨，一筋斗跌入黄昏

时间老人定睛一看：

八年前缓步而行的天路还在青海地界
西藏仍在白云望不到的远方
青藏铁路的名字，说在嘴上，写在纸上
尴尬得十分矛盾，且有些荒唐

西藏，站在珠峰上呐喊
既然折断了一截燃烧的火把
是不是该留下一粒铁路的火种
西藏是地球的肩膀
不能为驮着春天的骏马，垒起漫长的篱墙
不怕缺氧的绿皮火车
应该在地球之巅鸣笛高唱

于是，太阳与东风，围绕着火热的请求
达成共识，以一条专用线连起西格办
把内地的物资、信息与通达拥拢在它的怀抱
以小马拉大车的方式，疏解西藏一百二十多万平方公里的封闭

专用线，西藏的铁路，却建在西藏之外
它是西藏的第一条铁路
虽然伟大，却十分孤独
说怪么，真怪。对无路的西藏
说不怪也不怪
于是，西藏的这个第一，扛起珠峰的重托与大任
狭窄矮小的身体，历练出大西藏的风骨与精神

它是一棵铁路稚嫩的树苗
一定会生成西藏的铁路大树和铁路的森林
它是西藏道路的对外发言人
用血和汗筑起来的道路
一直在它的血管里呼啸奔腾
它站在昆仑顶上向太阳高喊：给西藏修路
它站在格尔木河岸向东风高喊：给西藏修路
它的声音，终于把黄沙中憋得很久的铁路喊醒
醒来的铁路，把三次登天失败的痛苦
聚起巨大的冲力，采取第四次行动
要把冻土踩成钢铁
要把弯弯曲曲的沱沱河、通天河踩成坦途
要在唐古拉寻找铁路的出路
接天下人，坐着火车去逛拉萨的新城

青藏铁路通车之后
西格办专用线沉默了，它把辉煌送给天路
自己在格尔木埋头做它的平民

呼唤

穿过浩茫的空间
越过辽远的时间
站在世界屋脊的西藏，向东方呼唤
给我铁路，给我铁路，给我铁路
我要走出万古洪荒的冰峰雪原
一百二十多万平方公里的大地不能没有铁路
没有铁路怎么抵达理想的彼岸
雅鲁藏布江是地球上优美的河流
珠穆朗玛峰是山峰中最高的高山
西藏的绿水雪山
同样是游客旅人心灵的驿站

穿过浩茫的空间
越过辽远的时间
西藏对铁路的呼唤是那么急切
要点亮贫瘠的生活，要走出闭塞的棋盘
使“上马”不再“下马”，使承诺能够兑现
铁路必须穿越痛苦与黑暗

呼啸开进欢乐与光明之间
这样，只有这样，西藏
才能走出进藏比蜀道还难的深渊
西藏当然有理由和其他地区相比
我的白云比你要白
我的蓝天比你还蓝
我的雪山比你的山美
我的草原比你的农田还要壮阔
我这里理应修出扇形的铁路
潇洒地伸向画一般的远方

穿过浩茫的空间
越过辽远的时间
西藏代表物价与市场，把铁路呼唤
1951 年，粮食从内地运到拉萨
一斤面粉得卖成天价
交通的风雪，击打着冰冷的灵魂
上天无路，冻结了道路的血液
只能借天空的云，去织飞翔的梦幻

1991 年，西宁二百五十元一吨的煤
运到拉萨需要卖到六百元
用烧汽油的喷灯做饭，普及到拉萨的所有饭馆
多树的亚东，每天拉木材的汽车多达百辆
有人计算，不解决煤炭运输
二十年能砍光亚东的绿色山林
西藏啊，西藏

为何呈现这悲伤的形状
为何总是坐在梦想的背面
谁不知，汽油比煤炭还贵
谁不晓，少树的西藏更须珍惜亚东的河山
没有铁路，残酷的现实
总是穿行在破坏、浪费与荒唐之间

穿过浩茫的空间
越过辽远的时间
西藏举着火把，将铁路呼唤
许久，许久了。十年，又过了几个十年
阳光与春风，不要再给西藏留下缺憾
没有铁路的灿烂
不会有幸福的真正光明
没有铁路的抵达，联结会被阻断
村落会被遗忘，小康也会晚点
西藏的目光还不能自由地把现代化浏览
你虽然站得很高
恐怕难以发现东方泛红的地平线

空间浩茫，并非不能相牵
时间辽远，亦非不能抵达
2001 年 6 月，青藏铁路再次“上马”
昆仑山下的开工仪式，成为一个永恒的封面
西藏人民的铁路交响曲从那一刻奏响
成了进军号角，每天都响着
进军方向是：青海、四川、云南

一根火柴

生命和死亡都在说你
魏军昌，天路上的一根火柴
燃尽自己的光明，照亮死亡的通道
让所有的魔鬼退避三舍
你是探路的尖兵，为唐古拉的
地质勘察，走在时间与天路的前面
踩着漫长的黑夜和一个冬天
夜以继日，风里雪里，受凉劳累
感冒了，想以自己的意志扛过去
不料，转成急性肺水肿，继而转成脑水肿
在送格尔木抢救途中
死神的脚步覆盖了生命的奔跑
你与蓝图上的天路告别时
距天路开工还有二十八天
距女儿诞生还有一个月的时间
你出师未捷身先死的悲歌
点亮生命的航标灯

扛路上天的人，决定为生命禁区补氧
让一路寒冬变一路春天
全线建起十七个大型制氧站
配置二十五个高压氧舱
医务人员与施工人员
纷纷来到现场
把近五千米高的海拔，硬是摁低了一千三百米
将空气稀薄之地开垦成氧气活跃的拉萨

五年中，上千例脑水肿、肺水肿患者
均安全无恙，继续为天路奔跑
这些皆源于魏军昌那根火柴
熄灭二十八岁的青春之火
点燃起一千两百公里一路朝霞
你用生命之火的一次发言
保障了数万人的生命安全

不冻泉

攒足了登天的劲儿
用攀登五岳之和的力气
我走到不冻泉
我是天路建设者，一路走来
有点累，也有点渴
这里，一股活水从昆仑山涌出
带着仙味神韵，暖暖的
温情，招待远方来客
我未备西湖的龙井，亦无黄山的毛峰
修路人习惯于大碗吃肉，大瓷缸子喝水
无须兰亭修篁中，魏晋风度的斯文
来吧！用当兵时的瓷缸子
大口大口地喝个过瘾
补充短缺的氧气和流失的养分
在瓷缸里，我饮出一片冰心
没有茶叶，伸手接来几朵雪花
再采几片可可西里的嫩草投入缸中

有几丝甘甜，有几分茶香
还有几分是莽昆仑的精神
一口雪意，使我在五千米高处不觉寒冷
一口春意，萌发一肚子武夷山风景
再喝一口，喝下的是人间哲理
春温面对寒冷
因此，生命有了意义
人，有了做人的定力

不冻泉边，喝水
我把自己喝成了修路的神仙

致梁梁

梁梁，你可曾记得，那晚
深远的夜空，悬着忧伤的目光
一切为了你，受伤的梁梁
为救你，你的母亲，那只母藏羚羊
贸然走向人类，拱开我的帐房
把你丢在我的怀抱
它给我行一个跪拜之礼
便走向楚玛尔河
等你，徘徊在水岸一方

亲爱的梁梁，那时你弱小得像猫
浑身流着血
你母亲洞悉生死的奥妙
为挽救你的生命，它把重任托付给人类

因于五道梁得你，我给你取名梁梁
于是，你成为家里的一道风景

给你包扎，喂奶，测体温
为你，人们把手伸向四面八方
一天天，你逐步恢复了健康
人间雨露，催生了你的天真烂漫
白天，你赠我一百个欢欣的舞蹈
夜晚，我送你一千次热烈的亲吻

那个清晨，你要健康地回归大自然了
我站在高处，远望着你和妈妈会面
也许，我们不再重逢
但这一段时光，却捻成我永恒的思念

请过路，亲爱的藏羚羊

从天空到大地，人类
用大爱的筛子，筛去一切杂音
让寂静重返可可西里
我们请来原始的荒无人烟
覆盖了青藏公路。唯有昆仑月
弥漫的光辉，给诗意又添一把梦寐难及
啊！可可西里，成了藏羚羊的天空、大地

亲爱的藏羚羊请过路吧
在你们过路的地方，高原的雾和风
已抖开安全的幔帐。你们呼吸到的
都是博大、自由、新鲜的气息
至于我，已躲到诗里，藏在月光里
你看不见我，我能看见你
我要把你们的过路写入笔记
向人们报告你们繁衍种族的雄壮迁徙

两个月前，你们这些怀孕的母亲啊
跋涉六百公里，北上卓乃湖产崽
用原始的行为，生出规划未来的力量
那里多物质的湖水
给宝宝一个健康的身体
那里紫黑色的石头
为宝宝提供了安全的掩体
当它们能够麻利地走动
植被被多情的风，摇成和它们同样的色彩
蒙住所有敌对的恶意眼睛
于是，这个庞大的母子群体
以俱进的智慧，阻断了野狼的目光
也躲过天空中那些凶残的翅膀
长年的艰险历练中，母亲们总能从一万中测准万一
在五千米氧气跌落之处
在阳光冻成冰凌的风里、雪里
藏羚羊最知晓生死之妙谛
你们鬼神不怕，持守正理
产崽是乐，迁徙是礼
气尽于天，质尽于地
一端，手提通向人类的千言万语
一端，思考通向自然的繁衍生息
于是，当母亲们完成一次伟大的生育后
向故乡的草原迁徙，让宝宝去认识伟大的父亲

作为母亲，请接受人类的敬礼

作为儿女，请接受人类的敬礼
在地球这个共同的家园里
我们爱你！我们爱你
天人合一，我们生活于同一个命运共同体

亲爱的藏羚羊请过路吧
为你的过路，公路、铁路都在梦里沉睡
这里，还有更大更大的区域
绝没有干扰你们母子的噪声
一切一切的安排布置，都经过核对
皆符合你们的自然习性

过去，你们可能有怀疑
但对于未来，你们可以一百个放心
每个人都会做保护你们的索南达杰
每一天都成为保护你们的安全日子
所有恶的根源，都在牢笼中囚禁

亲爱的藏羚羊请过路吧
可可西里蒙上的冰霜，是你惬意漫步的春天
每根草把对你的爱，伸进自己的叶子
如果你感到口渴，请到楚玛尔河
当你们的瞳孔凑到碧水
它也许把你们的身影晃动
啊！别怕，那是楚玛尔河在为你们母子照相
背景是一片没有融化的白雪

在这支浩荡的行军队伍中
我又一次看见了梁梁，当年你受伤于五道梁
是筑路人的拯救，让你重返大自然的怀抱
祝贺你！当恐慌不安的日子到了尽头
你做了伟大的母亲，肩负起繁衍的重任
你的宝宝，经过几百公里的跋涉
累了乏了，夜风里走路歪歪斜斜
梁梁，快扶孩子一把，母亲的舔吻
就是催人奋进的力量
宝宝走好，走稳，以免母亲操心

梁梁，你也可以告诉你的同类
为了生存，为了藏羚羊家族的兴旺
偶尔有什么难事，可以来到人类的厅堂
人类忽略的事情，大自然去为你们弥补
大自然的短缺，由我们人类担当

老职工的爱心

他站在可可西里的冷风里
每天眺望着东方被云层覆盖的昆仑
盼着几时几分应该回来的职工
路上是否安全，遇到了雪，还是遇到了风
五年了，他站在那儿，像是站在村口
等待儿子远行归来的一位父亲
心里抽出来的那根长线
时刻牵着远离家乡的那批年轻人

上高原，年轻、身强力壮是资本
逢山凿路的日子，早已流逝他的青春
可他还是把五十岁的年龄安放在可可西里
他拼的是，生死中铸成的大爱之心

他眼睛的温暖，暖透职工几千里外的乡愁
老娘多大，孩子几岁，包括爱人每月的收入
都在他心里的账本上。去格尔木花钱的事

他都一遍一遍反复叮咛
高原有多残忍，他的爱就有多深
他的心儿从来不上锁
放射的金子一般的那缕阳光，像瓜藤，一寸寸
爬过所有的身体，摸透所有人的脾气
职工入梦后，他查看流动厕所
与宿舍是否门对着门，用柔软的细心
去锁住冷风的脚步
魔鬼藏在厕所里，这是一位科学家的警告
所以，五年来，厕所成了他灵魂的高地

他在项目部负责后勤
不求自己有多大的智慧和力量
只求让每个年轻人
在他温热的胸膛里能够取取暖
让他们的心，纵情撒娇，像进了家门
想家时，看到他，就有回到亲人身边的温馨

楚玛尔河

非凡的态势，像大风吹倒的树冠
万般柔韧地铺在可可西里的胸口
错综复杂，盘根错节，芬芳泛滥
楚玛尔河，一把扑天而来的扇形扫帚
扫出永恒的美丽，扫出澎湃的写意灵感
透露一派自然安定天下的大义

这里，除了天和地
没有人，向它规范河的规矩，河的模样
没有人与它抗争，去决定水的命运
它以自由的脚步，或掀轻盈之波
或跳赤孤之舞，或泛虚诞的潮红
或呈纯洁的碧青，一条水分娩另一条水
水水交叉纵横，不知谁头谁尾，谁主谁次
水与水之间没有什么高低之分
都能把表情和信仰写在天上
都能把蓝天和白云种在心中

赶来的太阳神，抖出的每一缕阳光
没有三六九等，它们分配得十分均匀

流在三江源上的楚玛尔河
动荡也好，沉静也罢
总是自己把命运交给自己
旷壤之野，营造出世外桃源的芬芳
梦幻之境，平和融入它美好的整体

一位路嫂改写的歌词

虽然你去青藏高原十分遥远
虽然你这一走又是五载三年
每一封书信都只是为报个平安
告诉你家里有我请你不要挂念

咱爸妈的身体还是那么康健
咱孩子的成绩又提高了一点
天天上班我依然从早忙到晚
日子虽清淡却也是过得心安

你说是为铺路踏上青藏高原
我说是好男儿就要志存高远
你说是抛妻别子你于心不安
我说是为国为家我无悔无怨

其实我就盼你永远平平安安
其实我就盼你早日回家团圆
月圆时望窗外我心飞上高原
告诉你家里有我请不要挂念

三上风火山

海拔 4 905 米，是隧道的轨面
海拔 5 010 米，是山头的顶端
1 338 米，是隧道的长度
一碟工程上的小菜，竟让我们吃了五十年
风火山，容纳半世纪的风雨
绝不是一部短短的诗集
而是一部青藏高原复杂的工程通鉴
是的，从昆仑山到唐古拉
那神秘的天穹之下
上天铺下 550 公里冻土
阴谋丛生的山水间
地质的肿瘤招摇得摇旗呐喊
每颗沙粒的脑门上，写满让人止步的标语
每滴水，每寸土，都藏着看不见的地雷
何况，在生命禁区，冻土王国里
风火山，又是冻土王国之帝
550 公里，哪一个坎坷，不是你布的局

擒贼先擒王，这是天下战争的哲理
要擎起穿云破雾的神来之笔
只有按下风头山的头颅
才有后面的全面出击
才有节节向西、踏云上天的英姿

1959 年，我们来了。刚刚触碰
红褐色的山体，滚地的雷闪
鸡蛋大的石头，零下四十摄氏度的寒冷
风雪交加的天气，瞬间代替你沉默的词语
以铺天盖地的腾腾杀气
欲摧毁我们播种天路的意志
你像捕鱼的网，捞走百分之五十的氧气
掐住呼吸的器官
使我们举不起八磅重的铁锤
你和那个严寒的冬季，秘密达成一条协议
断掉我们的粮、菜和煤
击毁事先曾经预约的供给
让我们的生活退回原始
我们不得不裹着不耐寒的棉衣，吃着地老鼠撤退
撤退时，掠过高原的是精神的痛苦与战栗
万里高原垂下重重的眼帘
把千年不遇的一丝笑容锁进梦里
这时，风火山得意地笑了，认为取得了胜利
你怎知，我们的退却并不是放弃
你怎知，我们已把心电图仪器

温度计和各种密码，妥帖地
安放在你地表下的冻土里和红褐色的头颅里
它们从每一个缝隙中，钻进你的躯体
无论你是醒着还是睡着
你的心思，你的盘算，你的诡计
一一都掌控在我们的手里

1974 年，我们第二次走来
与科学牵手，在这片资深的工地上
我们筑起 483 米的观测路基
温暖的意志再次在冻土里怒放
这次，绝不是第一次的简单重复
而是从这里提炼出科学的灵魂
冻土力学、冻土融化、热辐射
高原天气、高原疾病、高原物理
这些皆从无知的蛮荒处
走向科学家的案头
从过去无望的岁月中
步入昆虫化蝶的时间
风火山，再不能凌驾于风之上，火之上
时空的冶炼中，我们触到征服你的物质

2001 年，我们第三次走上风火山
这次交手，没有横眉冷对，都是客客气气
你可能明白，已无力阻挡这一次穿越
抵抗不如投降，把千年沧桑唱成一段浪漫

什么含土冰层、饱冰冻土、富冰冻土
什么裂隙冰、融冻泥岩
你这些阴谋殿堂的玩意儿
哪一个不被科学精准地拿捏
成为人们茶余饭后议论的
一小撮趣事或逗笑的情节
一年，或许不到一年，打穿了冻土亿万年的积聚
风火山，你也放下了储存阴谋的心理负担
和其他众山一样，趾高气扬地谱写你的华彩乐章

山下辽阔的原野，像舒展而去的素纸
三上两下的经历，炼成怡心的诗词
抒怀地写在了这里的
是这首五十年长诗的作者
铁道兵十师，后更名为中铁二十局
这首诗，是天路的经典之作
与昆仑同重，仍以风火山作为诗题

施雅风的第一次

他的足迹
第一次印在祁连山上
第一次用目光去抚摸冰川的身体
第一次想到冰川能够服务人类
第一次思想染绿了大漠戈壁
第一次想到用冰川举起麦粒

第一次登上托赖山脉考察
第一次给一条冰川命名
那天，正是 1958 年的“七一”
第一次出版《祁连山现代冰川考察报告》
第一次推开冰川冻土科学的大门
一门新生的学科，在中国开始奠基
第一次组织青藏铁路的冻土科研
那是 1960 年荒冷的春季
第一次眺望天路未来的晨曦

诸多、诸多第一次的经历
他的思维和智慧不断拔节高升
冰川和冻土时时在他生命中泛起
为了拥抱这白生生晶莹的东西
他毅然离开北京，落户兰州
那里距冰川和冻土近了许多
车轮和脚步，随时传达出科学的信息、言语
在那里，一阵寒风，一缕阳光
都能牵出冰川和冻土的诉求和呼吸

在那里，他组建了中科院冰川冻土研究所
展现出征服自然的信心和勇气
他将自然现象把握成普遍真理
让自己灵感的萌芽，都结出丰硕的果实

有人问他：为天路作出了哪些贡献
他说：我是垒窝的，让学生去下蛋
这个叫施雅风的科学大师
多像《封神演义》中玉虚宫的元始天尊
他的学生，是一群上八仙
学生的学生，是一群中八仙
学生的学生的学生，是杨戬、哪吒这群下八仙
以 1957 年，他发现冰川为界
他和他的一代一代学生们
割开冰川、冻土的昏晓
举起一个科学的灿烂阳春

风火山上的女“保尔”

你用青春，摸了一遍苏联的冻土
回国后，什么都没说
风风火火的激情在风火山扎下根
你记性甚好，可忘了那正是你新婚之际

重任是空前的，并非绝后
你是第一任天路冻土的科研组长
稀薄的空气，艰苦的生活
像一头猛兽扑来
明月照在胸口，理想和梦境，与它亲切握手
火热地和谐地一起聚拢

1960 年，风火山上条件有限
生活的苦难与残酷，是你的口粮
目光写出风火山的历史，也写出你的传奇
起伏的高原，是你潮汐般的生活
起床后，喝一碗清晨，出发勘察

入夜时，吞两片晚霞，进入沉思
你向这里的风和雪，雷和电
每一寸冻土，每一匹野狼
慷慨地泼出极致的大爱
有时，你也哼起苏联的歌曲
望着远方昆仑的斜峰
盼望捧出关于冻土科学的早晨
人们忘记了你是个女人
都说你是风火山的保尔

风火山，是你久远的大义
也是你幸福和理想的长征
为让天路逢春，圆梦一个大地畅通
一部厚重的《中国冻土》巨著，横空出世
那是你的语言火炬，把亿万年冻土的黑夜照亮

你，周幼吾
为了冻土，不仅完整地交付自己
还把留苏的丈夫，调到兰州当了工人
投身冻土，还曾夭折了一个女儿
可你却带出中科院院士程国栋、秦大河
这样一大批优秀的学生

肝胆不全的人

拥有福建百花齐放的阳春
故乡，既是放大的盆景，也是缩小的仙境
他的父母是海外成功的商人
兄弟姐妹都是卓越的百万富翁
亲情多次召唤他出国团聚
异国的山水，为他的日子裁好了一片艳阳天
而他，1960 年地质学院毕业后，以秋风的速度
扑向青藏高原那荒冷的冻土

每月二十八斤的口粮，支撑着半饱的肚子
另外半饱，靠雪花与冷风填充
他从事冻土研究近半个世纪
二十八年爬行在海拔四千五百米的生命禁区
头发光了，牙齿掉了，胆切除了，肝患病了
这位肝胆不全的科学家
一年四季都是一副病恹恹的样子
一种信仰，一种定力，冻土研究成全了他的理想

把胸怀拓展得像茫茫青藏

在大自然最荒凉的一隅
盛开着科研突破与首创的花香
他的胆汁深入冻土之下
激活了冻融性质密密麻麻的结构
他的肝细胞，抚摸着冻土的强度
撞开一整座冻土荷载的门扉
他的血液，化成科学的乳汁
进入了冻土的蠕变理论
进入了工程防冻害技术的各个领域
进入了冻土工程国家实验室
进入了冻土学科教科书
进入了新一代冻土学子的脑海里
他承前启后，面向冻土世界
浩浩荡荡地去触摸冻土不可触摸的身体
当他和弟子们摸了几十年青藏高原的冻土
一条钢铁天路，迅速在雪域隆起

他的思想在冻土里摸爬滚打
阳光和温度对冻土失去了作用
片石、通风管送来的寒冷
再次加固了冻土的生命
使它们遇热融化的日子，生长成另一种日子
云中的天路，有了安全畅通的永久保证

一个肝胆不全的人，把肝胆取出
慷慨地抛给这片冻土
天路跨越了九九八十一难
个体生命融入了青藏的山山水水
亿万年的冻土断层由他和他的团队缝合
布达拉宫下的杨柳，拂去了愁容
挂满春风的得意，和阳光的笑声

2009 年，吴紫汪逝世于福建
珠峰送去哈达，那是天空最纯的一片白云

坚守

风火山气象站，将他从兰州唤来
为摸清冻土的脾气
琢磨透冻土的心思
他把自己变成一尊坚硬的岩石
和风火山融为一体
从 1961 年到 1983 年
二十二年，他从三十八岁站到六十岁
把鬼门关站成了自己的家
百分之五十的氧气，成为长年的口粮

二十二年坚守，为的是，等待不见踪影的红轮
为的是，等待没有讯息的那声汽笛
他在等待，等待只打雷不下雨的遥遥无期
他在等待，等待一年一年皆是零的结局
就是这样虚空的等待，
他没有吐出一句怨言
顽强站在风火山上

等待希望发酵，催醒野草再生
他坚信，铁树，终究会开花
天路必然通向拉萨
历史会捧出迷人的阳春

他曾在观测途中被风雪埋没
他曾为冻土把脉，把手指冻残
他曾三年没回过兰州，去抱孙子
他曾九死一生，默诵死亡的咒语

二十二年，他缝合了冻土与人类的离心离德
二十二年，他的工作日志，变成教科书
成为后来者征服冻土的第一手文本
二十二年，他变成风火山一样的赭红
二十二年，他具有风火山一样的刚毅
他有风一样飞快的节奏
他有火一样炽热的活力
为天路的诞生，他和大山一样
坚守自己的理想信念
在茫茫的空间与漫长的时间上，写下意志
坚信，艰辛的岁月必有收成

因为坚守在风火山上
他把自己站成了山一样的脊梁
站出了中国魂、民族气
站成雪域高原的精神标本

这位叫周怀珍的老人，一直在时间上爬行
总也听不到天路西进的足音
六十岁，他退休了
他的徒弟像一群雕像，似一丛拔节的竹笋
站在师父的岗位上，和冻土结成亲戚
一代一代，又坚守十八年
四十年的坚守，风火山终于成为天路建设的战场

王占吉

披着一身太行山的弹雨
枪口抹亮黎明的霞光
而后，你把荣誉和勋章交给历史
一头扎在风火山上
以指挥员的姿势
启动冻土科研之旅

氧气稀薄，你借来阳光的能量
生活单调，你拉出皎洁的月亮
每天半生不熟的夹生饭，就着冰雹与雪花
吃出大气磅礴的沉稳与豪迈

残酷的高原，摘去你生命的落日
事业的青春，止步于 1980 年的冬天
死前，你交代，把自己骨灰一分为二
一半埋在风火山的东面，面向东方
一半埋在风火山的西面，朝着西藏

向东的目光，向东方送去珠峰的请求
呼唤时代的列车，快一些，隆隆地驶进西藏
向西的目光，送去内地温馨的安抚
暖洋洋的眼神，抚平西藏疼痛的渴望
其实，时刻心痛的，是你不安的灵魂
二十多年，没听到汽笛的长鸣，哪夜你闭过眼睛

2001 年，天路再次挺进珠峰
修路人，把你东西张望的骨灰合二为一
新建的墓碑，比风火山高出七米
一个大写男儿的精神，成为天路提速的养分
你的儿子，就在山下，每天父子用目光对话
践行你的初心，踏着你的脚印
儿子做的，和父亲的生前一模一样

高山仰止，景行行止
如月之恒，如日之升
如今，天路上的列车，驶过风火山
都鸣响汽笛向你致敬

张鲁新

一

一生致力于为大地治病
让它瘫痪的身体，昂扬而坚挺
他的脚步丈量了大兴安岭
那里的冻土，呼啦啦长出坚硬的骨头
肩膀扛起飞腾的铁路

他嫌大兴安岭太小，冻土太少
驭着修建天路的东风，飞上昆仑
黑色的眼睛，掠过高原起伏的胸膛
在有限与无限之间扫描
在失败或胜利之间权衡
天路如何蹚过浩茫的冻土
让汽笛在胜利的彼岸拉响

啊！想不到，天路迈不开倾心的步子

因为冻土，圆梦还要等待漫长的时光
铁路在昆仑山下勒马等待
科研的头颅，浸着冰水，进入黑夜的盼望

二

山河辽阔，天地苍茫
张鲁新在雪山上，草地里，风雪中
马背上，倾注一腔才情，半生心血
摸索，寻找着医治冻土的药方
苦难盖住文字，语言历尽哀伤
《钢铁是怎样炼成的》这本枕边书
灯下打开，一字字，为他提神输氧
他要让保尔的精神，把自己铸成铁，炼成钢
用滋生的理想，去充当温暖的阳光

这里修铁路，比保尔修的铁路还难
保尔不缺氧，这里缺氧
保尔脚下的土地，能扛起铁路
这里的冻土，遇热就变成泥塘

周而复始的日子，漫过一次次青了又黄的季节
时间的河流，冲走一年又一年的太阳
寂寞的张鲁新，心里装满着青藏的大事
扶起的念想，何日进入铁路时代的青藏

在苍凉漫过的荒原，他的命
多次撞上死亡。在大雪封山时
他和队友依然行进在科考的路上，因为迷路
喝完了水，吃尽了干粮
零下四十摄氏度的寒冷伸出手，捏碎他的力量
三天三夜，魔鬼站在他的胸口，拉住他的手掌
呼救他的声音，从远处传来
他无力回应，死亡已扼住喉咙
好在，还有三根火柴，他用最后的力气
点起一束亮光
召来了救他的人

三

在高原，他忘掉生，忘掉死
却未忘记那 550 公里的冻土
冬天与春天交替，白昼与黑夜纠缠
日和月，不变地在天上奔跑
十四年的梦乡，夜夜都在异乡
十四年的理想，是笔直笔直的
十四年的希望，却曲折得扭成无尽的漫长
张鲁新灰心了，他离开青藏
回到济南。找一片修机场的软土
给大地治病，让知识在软土上吐出花香
悠闲时，拉一段小提琴，大明湖也兴奋地凑上一段音节
而济南，还是他的家乡，回到故乡的怀抱

青春不会被雨打风吹去
大街小巷送给他的皆是温暖的乡音

机场建成。那一天，他作为总工
被鲜花包围，被掌声推崇
这时，无关风月，无关春浓，从电视播放的
《雪域的诱惑》纪录片里
张鲁新看到了那曲、唐古拉，看到了沱沱河的涓涓细流
他的泪水夺眶而出，泣不成声
这时，发现，站在故乡的是人，活在高原的是心
他哭着向泰山高喊：我回昆仑，我回昆仑
青藏的冻土喂养了他的事业，他的心脏
让远大的理想，回到高原重新发出新芽

四

氧气依旧那么稀少，冻土还是那么富饶
一年三百六十五天，天天冶炼他的精神
白云映照脸庞，野草打扮青春
风暴雷雨，洗涤着他热望的生命
他的心，在没有边界的等待中沸腾
连荒原的狼和飘舞的雪花都熟悉了他
怕他孤单，夜里，雪花敲窗，野狼守门
他坚信，天路迟早会爬过昆仑的云层
在冻土的荒原上，擎起西进的旗帜

2001 年 6 月，天路“上马”西进
张鲁新承担起科技主帅的重任
作为第二代冻土科学家的中坚
他忘不了这条铁路就是他大半个人生
却忘记了一把一把冻土，写满常人不曾有的艰辛
此时，他没有开怀大笑，而是泪雨滂沱
哭声像卷过天空的大风
真的搞不懂，心花怒放时
为什么总有那么多喜泪飘零

风火山之夜

一群打隧道的人
昆仑山的肥皂洗去疲劳之后
他们拧开氧气与梦乡的开关
捂起被子，欲用美梦把半生醉透

天气已经进入晚秋
气温降到零下二十多摄氏度
季节用手掐住氧气的脖子
使本来瘦了一半的氧气，只剩下一把骨头
而风火山的工地，氧气的春风
已形成一个巨大的整体
从工地到宿舍，彼此之间的联系是那么密切
有一条线从制氧机里伸出
向建设者蜿蜒而来，伸出它春天的嘴唇

关于氧气，在风火山有一部传奇
1959 年，一上风火山，修路人拼的是

在稀薄的空气里，看谁能忍饥受冻
脸上留下多少风割的伤口
1974 年，二上风火山，修路人拼的是
八磅的大锤，谁能抡一百八十下
用不吸氧的壮举，站成一个筑路英雄
而 2001 年三上风火山呢
历史和认知都前进了一大步
风火山上，摆出一个氧气的盛宴
修路人拼的是，谁会吸氧，谁会睡觉，谁能吃饭
会拼这些的，才有清醒的头脑
然后，才能在隧道里树起旗帜

请把目光投向今夜的那座钢结构板房
他们戴着透明氧气罩，已进入了梦境
外边的风吹着，像苏小明的歌声摇着水兵
温馨的氧气，像爱人的手，抚上了他们的眼睛
床头一豆淡淡蓝蓝的光
像一朵无言的花朵
挂着故乡的地址
闪动着悠长的乡愁
他们整天忙得连打电话都忘了
深夜只有这一束篮光，向故乡流出幽幽的感情

修路人，吸一口气，呼一口气
只有均衡的频率，没有海拔五千米憋气的节奏
他们自制的氧气，是一个合力的集体

堵住了每一个缺氧的缝隙
去寻找每一位开凿风火山的职工
这里，每一个劳动个体，心里都郁郁葱葱
梦中的语言，喊出的都是前进！前进

天路的自然性

天路，青藏高原的动脉血管
动脉与心脏直接相连
随心脏的跳动而跳动
向全身脏器和组织提供营养和养料
把握生命的正常运转

天路，之于万里高原
它能经天纬地，它能济世安邦
它能燃起拉萨的激情
它能把珠峰和雅鲁藏布江照亮
它能使日光城真正升起幸福
它能满足一百二十多万平方公里大地的
期望，创造繁荣
向温暖发出的朝霞般的回响

既然是血管，建设天路
就不能在血管里金戈铁马，气吞万里如虎

就不能风卷残云，摧枯拉朽，跃马舞枪
就不能席卷地皮，打破坛坛罐罐
必须让推土机戴着锁链跳舞
且潇洒得像嫦娥奔月一样
必须是在牛角尖里绣花
且能飞针走线，绣出满天霞光

精心地建设天路
就像建设布达拉宫、罗布林卡一样
一砖一瓦、一木一梁都不能随意置放
就像壁画、雕刻、塑像、唐卡、经书
带着一种天才经典，与生俱来的纯洁

从昆仑山到可可西里，到三江源
翻越唐古拉，到羌塘自然保护区
再到当雄草原，这一带皆是
野生动物栖息活动的家园
这里，野驴、野牦牛，可以四蹄飞扬
鬃毛和尾巴点燃暴雪
这里，藏羚羊、白唇鹿、棕熊
可以一路江湖、一路豪气地
张扬它们家园的辽阔
建设者在这里修路，追求的是
天地与我共生，万物与我为一
追求的是，天人合一，天人合德，天人相应
追求的是，时时处处感受生命的存在

与大自然的旋律相和交融
人与动物、人与草木能够取得
彼此对生命的信任与和谐共存

出于爱，全线以桥代路，长达 16 万延长米
为动物设置 38 处通道，累计宽度达 60 公里
这些野生动物的生命通道
像雪一样耀眼。天上人间，过去的不可能
一切变为可能与现实
可爱的动物们
你们的广阔天地，依然属于你们
铁路建设丝毫没改变你们的来路去途
建设者的思想赶走了你们的障碍与天敌
他们头脑的光阴，流到你们身上
写下的都是让你们放心
你们是人类的朋友，也是人类的亲人
这就是你我之间永远不变的词根
亲爱的动物们，享受人类的爱
走在通道上才能理解人类的智慧
才能理解，从过去的对决
到人类与动物共同筑起爱的乐园
在漫长的时光里，认知如何生成至爱的黄金

高原植被、湿地和湖泊的环境保护
使每只手都紧紧握着妙手回春
建设者小心翼翼地，用眼里的温热

满腹的衷肠，把每一棵小草都抱得很紧
甚至施工区的草皮也是连同土壤切块
路基成型后，再原样移植回来
那块土地还是它前世的情人
它们彼此不能不明不白地分离
修路前，血流在一起，修路后，血还流在一起
这一寸一寸的爱，这一里一里的爱
这最生灵与最高贵的爱
以直线的方式，写满青藏大地

有位植物学家对我说，高原空气稀薄
一根草的生命都充满局限
一抹绿色，在生命的轨道上，或走了十年、百年
绝不能用推土机的狂笑，去掀翻它生命的概念
建设者就是用起死回生的手
拿来全部密码，解析它求生的眼神
一根根草，一寸寸土，拿起再放下
掂量再掂量，哪里才是绿色精灵
靠近心脏的地方，哪里能让它生长得更加欢畅
或让它回归故土
或让它找到适合生长的土壤
让那些因建设而被拆迁的小草
全部走出四面楚歌和十面埋伏
从灵魂中找到另一片灵魂的土地
去延长继续它的绿色一生

建设天路，引起千山万水的惦记
而它一切符合自然的自然性
又让千山万水安神而心定
太阳关注着每一个细节
每一个细节按大自然的要求，都没有错位
人类的爱，像雪白的声音，植入高原的骨髓
没有惊天动地的日出
铁路和这里的动物、植物
都安详地活动在大自然的掌心

八匹野驴

是你们到了我的工地
还是我到了你们的家园
三江源上相遇，我们久久对视
彼此都忘了时间

我向你们走去
你们打着响鼻后退
尾巴像是一个摇摆的方向盘
倒退都那么整齐划一
我扭头回走
你们迈着小步，又把我追赶
可以肯定，那是一种恋恋不舍的情感
测量一下我们之间的距离
至多二十米，就这样来回互送
惊呆了雪峰上的那轮夕阳

在斜照的光轮里

你们像马，绝不像驴
甚至比马还要美十倍、百倍
你们的皮毛油光闪亮，华似锦缎
是风雪洗礼，还是月光打理
这么近，这么亲
让我看清了你们的眼睛
装满对人类的清澈温馨
你们望着我，还不停地啃嚼着大地
脚蹄不断地踩动
莫非向你们野驴王国传递
这次会晤的消息

野驴，亲爱的野驴
我们不是相依为命的关系
在你的食料里，没有我采的一根草
想为你添把料
原谅我，还不知道你们想吃什么
当然，你我之间也不是萍水相逢的尺寸
如果那样，对你们
怎么会储藏这永久的记忆
在我的心里，你们不是
飞来飞去的候鸟
时刻对你们的思念将我咬痛
我们一起，走进了三江源这幅画里
彼此虽喊不出对方的名字
但头顶是共同的蓝天阳光
脚下是同一块苍茫大地

开心岭

一路走来，还要一路走去
创造许多次，创造还要继续
即便创造一次，对于这世界
都堪称是神话般的传奇
挺进在生命禁区，背负着创造和忍受
失去了保持乐观和感受美的能力

这里，就是这里
因为，两座山相对
因为，山的样子像心
因为，路从两山间穿过
一位修路的人，将此地命名开心岭

是得好好开开心了
开心，会洗掉多少疲劳
开心，忘记了多少缺氧的伤害
开心，忘记了多少疾病的缠扰

开心，忘记了多少饥寒交迫
开心，忘记了多少死亡恐惧

开心，是因为我没忘记我的存在
开心，是因为乐观和美，长在心里
开心，是因为看透了高原的内部结构
开心，是因为之前的困难都会变成手中的奇迹

修建青藏公路，一座开心岭
将所有的艰难险阻全部抽净
建设青藏铁路，一座开心岭
芬芳绽放出修路人的全部心情

开心岭，是从死神手中开辟的哲学花园
哪怕是生命禁区，也有江南的柳暗花明
即便缺氧的金笔流不出一行文字
心里也繁荣着一个诗的实体
精神的乐观，可任意把玩冰岭雪峰
把大自然栽植的一切困苦
变成我的开心之乐，前进之力

长江源特大桥

蜿蜒的沱沱河，接纳了你 1 300 米的身子
四十二孔，每孔三十二米，满河预应力简支梁跨越
不是悬索，不见斜拉，没有入云的钢拱
身处长江源，八月的风，是一批观景的人

我几乎阅遍长江上所有的大桥
没见过谁，像你如此内敛，如此谦逊
武汉长江大桥 1 670 米，号称万里长江第一桥
那是江城标志性的建筑之一
南京长江大桥 4 589 米，那是一座争气桥
是金陵的文化符号，是中国的骄傲
九江长江大桥 7 675 米，是又一座里程碑式的桥梁
是南北交通的命脉和要津
不想多说了，再说，在大桥面前论桥
那等于班门弄斧，关云长院子里舞刀

长江源大桥，你如此低调

心中有信念在上，你的天空才这样明净而开阔
心中有源头在旁，你的爱，与大地是这样绵厚而深沉
河有多宽，桥就修多大
水有多深，桩就入地多深
长江之源赋予的情怀和冷静
你绝不去巍然自己的身影
你终生站在海拔 4 781 米的高处
身披两肩风雪，吸着稀薄的氧气
用二十一米的桩长，打造一身坚挺的青春
从容地蹚着冰水，亲切地紧贴大地
扛着青藏高原沉重的命运
从地理空间说，你才是真正的长江第一桥
你的岗位，你的艰辛，你的默默无闻
让中国所有的桥梁都肃然起敬

楹联

或铺红底，或穿蓝袍
或以蓝天白云作背景
把最经典、最传情的词语写在上面
这些都是经历的生活
都是写实的岁月

从格尔木到拉萨，一路工地，一路楹联
一场盛典的壮志展示
一部抒情的雪域史诗
说它是飞扬的玫瑰，似乎有点媚
有点飘。那分明是中国魂、民族气
在雪路云程中熊熊燃烧，有热血的澎湃
有太阳的活力，有不屈的精神

无须印刷，无须在报纸上发表
读一遍就会牢记，就会被心收藏
就会被高原的雄风打开

展开翅膀，飞翔在茫茫青藏

你看，这一副
白天劳累扯块云彩擦把汗
爽
夜晚孤寂摘颗星星点盏灯
酷
这是多么高贵的声音
这是多么骄傲的音节
用汗水建设天路
用豪情巡视天宫
浪漫主义与现实主义的旗帜
让旷达与深沉徐徐升腾

请看，这一副
家住长江尾来到长江头
保护长江源保护家乡水
修路人的灵魂潜入时空的深处
精神覆盖了中华民族的山河
身在三江源无人区，没一点野性的放肆
悉心爱着水，如同爱着故乡的亲娘

再看，这一副
借问天公莽莽昆仑几重险
笑看铁军世界屋脊任我攀
这铿锵的语言，不是飞行的孤雁

千里天路，汇成一条浩荡的波澜
纵然在海拔五千米高处
飘然而至的春意，染绿无尽的严寒
他们把青春，慷慨地种在世界屋脊
就是对这片圣土，最好的表达方式

每副楹联，都是一支队伍的形象窗口
它们所代表的，是一个个建设天路的人

通天河

通天河，河通天
通向远古的深处
神秘，高在三十三层天界之外
通天二字，道尽几万里苍穹，语言都无法问津

是谁给你取了这个名字
是文成公主，还是唐僧
我翻遍关于你的历史
名字的由来，已无从考证

可以说，喊你为通天河的人
肯定没到达你的源头
也不认识溯流而上的格拉丹东

通天河，没有通到天上
但我要为这个名字叫好
它是人类进化的显影

它是人们上天心理，最早的图腾
因为名字中有个“天”字
后来，通向这里的公路、铁路，才叫天路
没有你，哪有一系列天字牌工程的诞生

如果说，通天河的源头是天
那么，你的脚，才迈到天的边缘
还没有看到天上的全貌
你哪知天外有天
高山之外，还有更高的峰峦
你的根，扎在唐古拉山上
你的眼，只看到三江源这个小小的地盘
而我们呢，修公路，修铁路
穿越你，修成一座天上立交
无数的唐古拉都成为脚下的泥丸
生活在这里的人，走出闭塞
走进风的迅速与灵敏
人人都幸福地成为生活的主人

格拉丹东

你高擎 6 621 米的冰峰
探向苍穹的深处
在地理的炫耀中，你的冰水流向东方
让一百八十万平方公里的流域展开翅膀
而你却把高大的身躯隐藏起来
只有科考与探险的勇士
才能与你接近
你是那么低调，那么内敛
把仰望的目光锁得很死，很紧
西进的天路从你脚下走过
直线距离也就是三十多公里
在苍鹰的歌唱与天风的欢呼中
却不见你庆祝的身影

你孕育出一条长江的伟业
向人类流淌着神圣的甘醇
若让蔚蓝的岁月去表达

永远吐不尽你不朽的功勋
但你拒绝了所有颂歌
以沉默昭示世界
再多的语言与文字的指纹
纷乱的风雨终究会把这一切抹去
对人类的跋涉与倾心
方能把幸福推向永恒

你是长江的真正源头
容纳千溪百川的胸怀与开放
使你才有了奔向大海的自信
才有了中国江河中第一的尊荣
是你，让两岸的花香与春色
流过历史的字幕
是你，让渔歌与稻浪
绽放出丰衣足食的温馨
你，若水的上善之心，净化出静默的灵魂
无愧于天地之英雄，长江之母亲

格拉丹东，你的伟大中难道没有遗憾
你看身后，西藏还在灯下黑的阴影
你为东方的大地，奉献出四通八达的水路
江河透明的身段与意志
让每只脚都能踩着波浪腾飞
而西藏呢，在交通难产的岁月
每匹马，每头牦牛都在痛苦地呻吟

是的，格拉丹东，人无完人，金无足赤
对你，当然不能求全责备。你留下的遗憾
由我们弥补吧，修一条天路直扑珠峰
拉去你迟到的安慰和关切的问询
我们做个分工，我毅然西行，你继续东进
用水陆交通联通东部与西藏的友情
在这个火红的时代，东西部的畅通问题
都是你和我们的事情

画家

不是欣赏当曲的风光，
空气稀薄，憋得实在心慌
他想到河边走走，把浪花踩成氧气
河低那么一点，氧气会多那么一点
河里有水，水可生氧，河边有草，草可变氧
呼吸几口多一点点的氧气
在唐古拉怀里过夜，身体就有了保障

片刻，他回来大喊：比氧气还氧气
牦牛，一大片牦牛。想不到牦牛
闯开他的灵感之窗，打开他辽阔的艺术牧场
哪还顾得憋气，哪还顾得缺氧
他端起相机给牦牛拍照，捧起速写本给牦牛画像
他像喝醉一样的兴奋
把牦牛感动得摸不着头脑

从那天开始，他行走青藏线上，牦牛
就说在他的嘴上，追在他的腿上

活在他的心里，画在他的画上
人们说起他，话很俏皮
黄胄先生画驴，人称黄毛驴
他姓王，专画牦牛，我们叫他牦牛王
他画牦牛，青藏铁路是背景
画笔托出的是雪山草原的寥廓苍茫
牦牛，不是追着火车奔跑
就是在错那湖畔吃草徜徉
或者藏族姑娘在牦牛身上飞翔
用浪漫主义的情调，以牦牛的形象
把青藏辽阔的山川大地照亮
一幅一幅从不重样，一头一头牦牛
成了一个浩瀚的艺术汪洋
一幅幅走入观众的心里
一幅幅走入中国美术馆神圣的殿堂
一幅幅走到国外
被博物馆收藏

他画牦牛，画的是青藏高原甜美的生活
他画牦牛，画的是藏族人民幸福的小康
他画牦牛，是画火车拖来的那轮朝阳
他画牦牛，是画艺术无尽的道路
他已经是一名很优秀的画家了
但他常说，青藏是美术的风水宝地
我没去够，还要追着牦牛，去拓艺术之荒
请记住王沂光这个画家的名字吧
他的心在青藏，笔画着牦牛，画着青藏

无人区方案

当铁路的蓝图向拉萨起跑
它也在选择合适的路线
沿着公路的脚步
要翻越 5 231 米的唐古拉垭口
六百米的曲线半径
火车累死，每小时只跑八十公里
拉萨高高的额头上，怎能置放老黄牛的速度
哪里海拔低一点，使雄鹰不会折断翅膀
哪里速度快一点，可以任东风浩荡

李金城和他的设计团队，在唐古拉垭口以西
目光终于搂住了希望。这里是无人区
海拔 5 072 米，比公路垭口低了 159 米
可放下八百米的曲线半径，列车时速可达一百二十公里
雄鹰在这里，可以把翅膀献给天空
西巡的东风到此，也无须吸一口氧气

但，这里仍然是生命禁区

全路的最高点，黑暗并没有转身离去
137 公里全是沼泽，泥潭都漫过马的肚皮
很早很早以前，曾有一支探险队来到这里
几近死亡的折磨，让天空操碎了心，摔碎了眼泪
为了活下来，他们割下马的耳朵
是那又爱又痛的几口猩红
将他们的生命挽回

这里的风雨、冰雹、暴雪、滚地雷
每夜都吞没星月，每日都驱赶阳光
这里是野狼、棕熊的世界
几千年，削薄了人类的岁月
天下，也许只有这样的环境，才能喂养灵魂
让浩荡的胸怀，升起精神的太阳

李金城和他的设计团队，走向无人区
八十八头牦牛，驮着帐篷、睡袋、食物和药品
同时，放好了西藏的梦想，绑牢了北京的温暖
携带着全球星卫星电话
与铁道部保持着二十四小时的对话热线
扎进这无人的荒原，他们要用生命与汗水
与不识人间的大自然交谈
倾听大地的口述，转达科学的意见
还要接受动物的撒野和它们目光中奔出的火焰
为取得世纪的仰望与操作的内涵
原始的脚步和现代的气息挽手并肩

牦牛因过于劳累，常常罢工止步
或许它怕蹄印和喘息牵来骆驼的鬼魂
人，因为劳累，却播下一行汗水
让没嗅过汗水的野草感到几分新鲜
这种新鲜的线路越来越长，也越来越宽
似乎睡了几千年的醉汉有了晴朗的心情
雄心勃勃地站起来，去寻找自己前进的方阵

是的，向西藏的道路，寻找了千年
为西藏修一条铁路，几代人梦了百年
通向西藏的铁路建设，几上几下又是几十年
而影子一般的铁路，孤独痛苦，躲在远方不发一言
这一次，他们的脚印播下的种子发芽了
疲劳的筋骨里，愿望互相蹬踢着全都笑醒了
一次一次跋涉在无人的荒原
而每次走在最前面的李金城却因缺钾
和心跳过速，倒下了
他说，把我放下，把全部设备和仪器留下
你们撤出去，不然，我们会死在这里
给我留一支枪，防狼
明天来接我，我的命不会交给阎王
此刻，扎在温度零下二十摄氏度的风里
到处呼啸着寒冷的气浪
谁都明白，如果把他留下
留下的不是生存，而是死亡
队友们哭了，他们说，你就是一头棕熊

我们也要把你背出去，铁路还没修
怎能让你变成无人区的一堆骨头
他们没有去写一首绝望的诗歌
求生的胸腔里再度燃起巨大的能量
这样，李金城在几位队友的肩上、背上
不停地挪动，他灵魂的胎衣被风鼓起
荒原的夜空里，一颗智慧的头颅闪着亮光
东边是一万里乌云铺成的大海
西边是一万里银白垒起的雪山
远方，除了远方，还有什么呢
啊！更远的远方，是想路、盼路的拉萨
李金城再一次从不能触摸的远方里
抓来了一把幸福，也抓来起死回生的力量

李金城得救了，他在无人区几次抚摸过死亡
但他从死亡的边缘上却摸到了铁路的航向
地质、生态、水文、路基和车站的一切方案
呈现出茁壮成长的旺盛
焦急地催促着天路命运的升腾

为了将每个数据告诉历史
李金城们把脚印刻在了这片大地
十万公里脚印的付出
让唐古拉垭口方案缩短了五点七公里线路
节约了八亿元的投资
然后，铁路与这块浩茫的无人区结成亲戚

首宿唐古拉

从格尔木，一站一站走向拉萨
过了温泉，要攀唐古拉了
司机老吴说：我拉你们一路采访
下站请住唐古拉吧
我的项目部就在那里，海拔最高，全线称王
刚刚安家，氧气还没有安装
老吴为我们服务半个月，怎好拒绝他的好意

项目部，设在唐古拉兵站
连同山上的白雪，对我们都热烈欢迎
安排我们住贵宾房间，即楼房的一层
项目长说得幽默：一层比二层低了三米
多了一些氧气。天呐，海拔低三米
谁能计算出空气中，氧多了几分
房间低了三米，我们便有了贵宾的身份

我和油画家王沂光住一个房间

睡前，项目长从兵站借来两罐四磅的氧气
他提示我们：边吸氧边睡
氧气吸完，便走进梦境。谁知这提示
吓出我们紧张的心情
越想快点入睡，越是醒着
吸完氧气，也没有睡着
头缩被窝里，热；头伸被窝外，冷
热，冷，和缺氧的憋气，胸闷
拧成一股绳，把我们反复折腾

王沂光像喘气的黄牛，对我说
他发现新大陆了，前厅里放着一排氧气瓶
是刚运来的，医院使用的那种
只是缺少吸氧的必备管子
他说，拧一丝小缝，吸几口，不至于憋死
不点火，没什么危险，肯定可以
我们同心协力，把氧气瓶挪滚到房间
扭开一点，丝丝的微音里，溜出几缕氧气
他站一边，我站一边，鼻子对着鼻子
和氧气瓶一起，站成桃园三结义
首宿唐古拉，偷着吸氧
从凌晨四点，站到早晨七点
站出一个如火的晨曦

唐古拉

雄鹰张扬的翅膀
拼死未飞过那山的高度
绝望地把羽毛与骨头堆成死亡
一次一次的死亡，喊出一句话
唐古拉——雄鹰无法飞过的山冈

太阳西行，必到山下的日光城入住
每次歇脚，它总站在唐古拉山上
太阳累得够呛，光明的大脑在想
何时摁下唐古拉的头
调低这里的海拔高度

那年，天空沸腾一场春雨
一群扛着锤镐的战士，迎着黄河扑天而上
种植铁路的使命
在每根骨头里铮铮作响
生命之旗，撑起缺氧的天空

修路的手，为上天劈出光明的方向

一年，路的种子落地生根
二年，顺着雪线拔节生长
四年，五年，铁路像千年不死的雪山草
扎根在唐古拉的胸膛

如今，乘车穿越这里
一切都显得稀松平常

唐古拉山小镇

唐古拉的第一觉被阳光踩醒
铁路发现，小镇伴着朝霞，又一次和它握手
以诗的名义，像春雨融入它延伸的方向
多少年，繁荣像是甩不掉的孩子
总踩着它的脚印，牵着它的衣襟
在唐古拉，这是千万年来的第一个仪式
市场自由地走进它的生活

低矮是这里最宠爱的女儿
小镇独处在低矮的怀抱里
一抬头，可以与雪峰接吻
一弯身，从草滩里能抱来一怀氧气

这边，青海大街连着西藏大道
那厢，昆仑巷与珠峰巷在一起相会
每个名字，都有青藏高原的味道
每一个招牌，把特色催发得精准到位
上海生煎牵手兰州拉面

重庆火锅拉着北京烤鸭
卡拉 OK 挽着回春氧吧
老板是格尔木人，他说
唱累了，吸几口氧气，唱起来，能让唐古拉听醉

客人，来自天南海北，国内国外
五湖四海的声音，表达五湖四海的过往
和青藏高原涌入目光的是一路新奇
两三位战士品着茶，聊着故乡年迈的爹娘
四五位司机，纵谈唐古拉抛锚的奇迹
抛锚，挨冻，受罪，升华了高大的意境
塑造的自豪形象，个个都是艰苦的邻居

还有远方来的新郎新娘
穿着婚纱在草滩上补拍新婚照
让雪峰播种青春的规划与交响
想不到，冻得上牙磕下牙
嘴里嚷喊着“真冷，真冷”，幸福虽被寒冷所运载
心里却把一生的温暖孕育

唐古拉小镇
也许是世界海拔最高的小镇
像一幅油画
表达了这个世界的独一无二
站在独一无二的小镇远望
更能清醒地看到四面八方
那一团团云雾，一座座雪山的变幻与神奇

唐古拉，与李白共饮

在唐古拉，我挽来一个明净的中秋
邀来唐朝的李白，到此赏月喝酒
唐宋元明清的手掌把月亮擦得十分纯美
瑶池的仙露，像是激活了她十八岁的青春
为这位大诗人的莅临
天上人间，都准备得灿烂动人

石锅鸡、雅江鱼、酥酪糕
这些藏族名吃，皆从那曲采购
再开启几瓶泸州老窖，那是你家乡的特产
可以消解诗仙一生漂泊的乡愁
至于青稞酒、酥油茶，算一种辅助的饮料吧
看你的口味能不能适应浓郁的藏情
两盘凉菜，一盘是冰山的白雪
一盘是闪亮的月光
二分凉意，三分特色，恰好入胃解酒

诗仙，怕你感冒，请披上这白云的风衣
这里海拔五千多米，很凉，很冷
今晚，我们谈《蜀道难》，论《将进酒》
论道喝酒，喝酒论道，把月光融进酒里
把你千年的诗心融进酒里，一醉方休

来！诗仙，请端杯，你不是说蜀道难吗
第一杯酒，把 1 746 米的青泥岭斟在酒里
什么“青泥何盘盘，百步九折萦岩峦”
你轻轻一抿嘴，让它化一阵酒香，入肺销魂
诗仙，请举杯，莫停留
第二杯酒，把 3 771 米的太白山泻入杯中
什么“西当太白有鸟道，可以横绝峨眉巅”
征服太白山，就是口一张，咂巴咂巴嘴
如此轻松，如放喉歌吟
至于“剑阁峥嵘而崔嵬，一夫当关，万夫莫开”
纯属邪乎，1 315 米高的剑门关
当年你滴泪洗出的雄关
小菜一碟，就酒，可放在嘴里

尊敬的诗仙，你笔下的蜀道难，早被时代涤荡
飞驰的列车，扯出三千里灿烂的阳光
若不信，请扭身，站在唐古拉，望望脚下的秦岭
我们用繁荣，已经垫高了它的脚跟
来！诗仙，请举杯，莫停留
别责怪唐古拉景色单调

这里没有，“但见悲鸟号古木，雄飞雌从绕林间”
这里没有，“枯松倒挂倚绝壁”
这里没有，“又闻子规啼夜月”
你笔下的动物植物，都是这里博物馆的标本
它们不能存活与飞翔在生命禁区
但是，在这里修路，我们没吐出一个“难”字
没有因为写一首《进藏难》，请你出山
我们怕你的诗笔一搅动，使这四千里天路
少了几分柔情，多了几分恐惧

诗仙，你的到来，万里高原都在激动
我愿把这无际的雪峰
满天的月光换成美酒
来！杯莫停，这三杯，代表你笔下的昆仑
下三杯，代表你笔下的长风
再三杯，代表你唐朝的老乡——文成公主
她那颗大唐的爱心，依然照亮着西藏的天空

高原人的保护神

他吐出一串数字
全世界在两千五百米以上的高原
生活着一亿多人
我国约占八千万
残酷的结论是
百分之十可能会患高原病
这里的二千万汉族同胞
发病率高出藏族同胞百分之七十
数字里，埋伏着惊人的死亡
人们只看到高原的美丽
谁看透它深藏的内心

为挖掘高原疾病的根子
用春风抚去覆盖万里的身体之痛
身为医生的吴天一，骑一匹枣红马
把雪山草原的高度纳入脚下
用艰辛和科学，去寻找鼓舞人心的药方

从身体里取出太阳之神

在果洛、玉树，在巴颜喀拉山
在海拔 6 282 米的阿尼玛卿峰
在千山之巅，万水之源
他建立营地，进行低氧下的人体生理实验
九死一生，历险无数，行走于
生死之间，他是那样从容
为了实验，右耳膜被气压打穿
他深知，自己多死过一回
很多人，从高原病中就能起死回生
他的爱，覆盖了茫茫高原
使苦难的板结地，握住了阳春

天路，要在海拔四千多米的生命禁区向西飞奔
吴天一，吹响哨子：每一米能长出奇迹
每一米也是生命的新坟
高原缺氧的空气里
徘徊着死亡幽灵

他的哨音，卷起安全的耀眼旗帜
带着一股破冰般的透明
于是，这哨音变成一道护命的长城
无数医院，高压氧舱，如雨后春笋般破土而生
把生命的绿地，垦殖得郁郁葱葱
十四万人马，在五年的建设中

没因脑水肿和肺水肿走掉一人

他的父母兄妹皆在美国
那里有一所大学，让他去放飞理想之梦
而他，苦恋着青藏，把浩荡的情怀
献给了高原的生命工程

唐古拉垭口的宣誓

一群修路的年轻人
举起右手，在唐古拉垭口宣誓
随白云举起的，还有 5 231 米的海拔高度
站在触手摸天的青藏线最高点
纯洁的生命，挥洒出坚定的意志

他们的身体里垒满志在四方的豪情
澎湃的豪情，泼绿了无数秦岭剑门
他们装点着祖国的江山
尽管如此，还是第一次撞见唐古拉这样的高度
这是家乡的大雁没飞过的一种高度
这是所见的白云没飘过的一种高度
他们来到西藏这缺氧的大地
就是让铁路在五千多米的高处呼之欲出

唐古拉的高度
是遮挡阳光与春风的天下大阻

蒙古语说它是，雄鹰无法逾越的山冈
藏语说它是，站在门口的一种盼望
站在门口的盼望，这话像伤口一样疼痛
蕴含着一个民族，多少年对铁路的渴求

他们来到唐古拉
皮肤和阳光的速度一起奔跑
跑成黑红黑红的高原皮肤
他们的心随着西藏的脉搏跳动
一口一口短促喘气的呼吸
已暖热西藏的泥土
起伏的雪山在他们身上变化着
为西藏修路的使命，与生命同重
一天，一天，击打出比唐古拉更高的精神风骨

他们对着唐古拉宣誓，誓词是
缺氧不缺精神，海拔高斗志更高
艰苦不怕吃苦，风暴强意志更强
随着誓词的铿锵激荡
高耸的唐古拉身体徐徐下沉，狂傲渐渐失去

雪莲，盛开在唐古拉天空

唐古拉的天空，盛开一片雪莲
使那座山，不再是一座荒山
二十六位女人，在离地十五米的高处
吸的氧比地上的人还少
比唐古拉还高的身姿
在天路的历史中留下一章

女人的手，能扭转乾坤
她们把钢条拧成轨排的扣件
将青春旋得紧紧的，牢固而坚实
扣件的根扎在枕木上，把钢轨死死抱紧
轨排铺在路基上，敲开了大地的幸福之门
唐古拉到拉萨五百多公里
从女人手上流出的银灰色长河
激荡起西藏铁路时代的生活

她们来自五湖四海，不带家乡的腔调

为西藏修路，是共同的口音
听起来不辨你我，吐出的全是女人的爱
干净的心灵，女人的温馨

她来自广州的一家民营企业
心里装满岭南的莺歌燕舞、蛙鸣蜂吟
为修天路，她拒绝了老板的提薪升职
走上唐古拉，用年轻的心酿造一种叫“天路”的精神

她来自江西鹰潭，是鹰厦铁路的女儿
十一岁的儿子已经懂事了，出发前
儿子塞给她一包巧克力
他告诉妈妈，巧克力能够补充能量，增强体力
说罢，娘俩搂抱着哭成泪人
而今，那包巧克力她没舍得吃一颗
想儿时，看一眼，就能听到八千里外的声音

她来自贫困的冬天，丈夫卧病在床
她把五岁的女儿托付给亲戚
背起行囊，走上摩天的雪峰
她想用与云彩对话的薪酬
把一个病恹恹的家庭，从人间烟火里扶正

她是铁二代，父亲牺牲在关角隧道
她高举着父亲的旗帜，
乐于在英魂之躯添一笔气脉

坚信，好钢与艰难困苦碰撞
才能淬出新一代更美的风采

她是新婚不久的女人，男人走上青藏高原
那火烧火燎的相思病，吃安定都不起作用
来到丈夫的工点，同生命禁区对决
夫妻团聚不同居，爱的方式如此尴尬，大自然如此残忍
但她心满意足了，互相笑笑，说句话，递个眼神
使那娇美的容颜洋溢的幸福
比白云还白，比朝霞还红

二十六位女人
站在唐古拉的上空
她们是一群伟大的女性

上山探亲的女人

冰山雪峰揪着她的心
夜夜都用火热的爱，去暖那雪那冰
那里有她的丈夫
和他率领的修路的男人
她带着后方所有的心，走向唐古拉
作为女工代表，是慰问
更是探亲

这次，无可掂量的爱
会留下多少亲热的痕印
给肌肤多少缠绵，给微笑多少眼神
一个不放手的拥抱，抚平他的辛苦与疲劳
她一路完整地描画着，通向他的爱是如此之美

车到关角隧道，她突然感到头晕
接着呕吐，呕吐连着呕吐
一肚子肠胃翻腾，肝胆震荡

车到格尔木，吐得她蓬头垢面
眼里已无法摆放安静的蓝天白云
吐掉了桃花的容颜
像是丢了青春

让她蜷缩成一团的中途
距爱人的工地还有七百公里
那里，高路入云端，布满残忍
她咬咬牙说：我要上去！上去
一路更加残酷的高原反应
身体与大地一起下沉
致命的天旋地转
头痛刺入骨髓
反复呕吐，反复流泪
想象不到的痛苦
无力撑起一个女人的精神
她呻吟着承受
旋涡，旋涡，摇碎了她的灵魂

终于到了他所在的工地之家
同行的人说：嫂子，你在大学里是美丽的校花
今天见指挥长，不能这样披头散发
她借一面圆镜，稍微拢拢头发
却无力擦去眼角的泪水

可他那天正奋战在更高的无人区

医生严厉下令，为保障她的生命安全
必须火速离开，从拉萨踏上回家的路程
搀扶之下，她走进他的卧室
室内，挂着她的照片
桌上放着没有热水的暖瓶
脸盆里塞满一盆脏衣服
床上堆着关于工程的书籍
她无力收拾这零乱的一切
她用目光盛开的吻
把室内的一切吻了又吻
然后，肝肠寸断地离开
短短十几分钟，没见到工地上的爱人
这就是探亲的结局

无人区夜晚的一次饮酒

四周是闪电，暴雨，5 072 米的高度
阻断了野狼和星月的脚步
天赐良机，这么好的夜晚，来吧！饮酒
蹚过疲劳的一座座山岭
一群筑路的小伙子，舌头与骨头密切商量
抖出一身建安风骨，喝几杯琼浆
让芳香以火焰的热烈，入肺，入魂
自己把自己喝成李白
喝出修路人个个都是酒仙的风流

谁说高原不能喝酒，突破这个规矩
让灵魂在酒里翩翩起舞
把粮食的精华喝进肚里
变成抗击缺氧的一种力量
把千年的酒诗词、酒文化喝到肚里
让流汗的修路人长出一些斯文
菜端上来了，堆得高高的一盆白萝卜

谁给它取名叫珠穆朗玛峰
一盘酱牛肉，取名唐古拉山
一碟炒白菜，得个新名字，叫楚玛尔河
一条烤羊腿，名字叫昆仑山
一盆鲜鱼汤，唤名雅鲁藏布江
多么好啊！满盆满碗，都是一桌子青藏
5 072 米的无人区，这个风雨雷鸣的黑夜
天路的工地上，飘舞着一个酒乡

炊事员说得好，这菜，不是青藏
而是修路战场的一个沙盘
没有今晚喝酒吃菜的勇敢
怎么征服青藏高原堆满几千里的困难

暴风雨，敲打着屋顶为他们助威
喝酒！喝酒！喝掉了八千里的相思病
喝掉了一万里的乡愁，喝得身体颠三倒四
喝得走路画圈又拐弯
喝得说话噼里啪啦直冒火星
喝得嗓子跑着调子吼唱《天路》
喝得让《将进酒》为喝酒再次加油

这群喝酒的小伙子中，有一位叫高俊
他是记者，喝了一斤还不过瘾
咕嘟一声，把半瓶酒抽干，一抹嘴说：
“不喝了，今夜要加班，写一篇唐古拉采风！”

天路上的好胃口

天路建设中，出现这么多不能入档的称呼
什么馒头英雄、包子博士
什么面条博导、油条大师
在跑步上天的时光里
这些并非调侃的由衷称赞
将大快朵颐的食欲向身体里探进
又将一条力量的河流从体内抽出
夯实了一千二百公里的路基
巨手一伸，苍天可触

初登天路，因高原反应
胸闷，头昏，乏力，不思饮食
端起碗就饱，放下筷子想吐
胃口的不和谐之音，又涩又苦
人是铁，饭是钢，一天不吃饿得慌
厌食，怎能有改造山河的钢铁筋骨
厌食，怎能大有颖悟，造天有术

厌食的漏洞一定要补
有好胃口，身体才有基础
胃是建功的丰碑，一定要让它站起来
望断天路，帘卷东风，登昆仑攀珠峰不再发怵
于是，决策者发出叮嘱
“建设者要比着吃饭，比着吃肉”
吃好睡好，才能熔天地之一炉
让修路人打开胃口的平常话语
成为奔走的呼号和建路的首要之途

为举起这身体与意志交织的旗帜
浩茫天路的厨师们，八仙过海，各显其能
馒头、包子，厨艺精湛，巧夺天工
面条、油条，出神入化，与众不同
热菜、凉菜，色味俱佳，别出心裁
油焖茭白、蚝油豆腐、红烧狮子头
辣子鸡、小炒肉，
香菇笋干红烧肉
经常出现在修路人的餐桌案头
炮凤烹龙，手艺精巧
各道菜，技艺娴熟，口碑载道
美味佳肴，赶走了味同嚼蜡的厌食情绪
一个“春风又绿江南岸”的胃口
把风里来雨里去的筑路生活染绿
那些根本不懂京剧门道的人
也哼起颠三倒四的唱腔：

只因厨师本领大
养得我腰圆膀又扎
身强力壮修天路
驰骋高原向拉萨

首台机车进藏

题记：为确保青藏铁路按期铺通，在原有格尔木一个铺架口的基础上，在西藏的安多建立第二个铺架基地，由此向唐古拉和拉萨两地铺轨，与格尔木西进的铺轨大军相会于唐古拉山。这样建设总工期至少能提前一年。但是在没有铁路的地方把机车运输到安多却是一大难题。铁路建设者将庞大的铺轨机车拆卸后，用汽车运输抵达安多的壮举，引起中外媒体的关注。

天气长脸，为机车进藏
风程雪路，铺出一路阳光
五十岁的青藏公路，第一次扛起如此沉甸的重量
它豁出去了，豁出去了
举起自信的大旗，擂响自强的大鼓
奏出一曲开天辟地的历史性交响
每一寸路面，都在说，我顶得住
请机车通过我的胸膛
每一座桥梁，都在说，我扛得起
我有青藏的魂魄和青藏的精神

肩扛会生铁路的母鸡，我不怕疼痛

拆解的铺轨机车，披着一身火红的朝霞
睡在河流一般的汽车背上。汽车背火车
这奇迹，只有发生在没有铁路的地方
它像游动的长龙，向着不熟悉的远方
向着古老梦想与现实速度对接的地方
向着西藏迫切的需要与人民急切的盼望
缓缓行进，为了稳，并不是疾驶飞奔
只有稳，汽车背的长龙，在安多安家
才能畅游天宫，生出一条真正的铁龙
才能有明天腾飞的西藏

不按常规出牌，来一次弯道超车
创新一个节拍，抓住天路飞行的纤绳
给西藏早一点制造阳光的日子
是修路人崇高的精神与浩荡的品质
慢八板的唱腔，老黄牛的步伐
怎能吻合西藏与太阳一路同行
慢三天五天，都会刺痛眺望小康的眼睛
机车大步流星地赶赴西藏，哪怕是加班，加点
在车轮上见分晓，都是对西藏的一种亲近
让铺轨长出新的意义
才符合西藏跃马驰骋的心情

机车在汽车上缓缓驶向西藏

缓缓驶向上天的壮丽和辉煌的艰辛
青藏公路，升起一千里豪情，站起一千里好奇心
玉虚峰、昆仑山、风火山、唐古拉
列队欢迎，举起八千丈白云
楚玛尔河、沱沱河、通天河
盛大的狂欢，飞着一万里浪声
三江源复活了一个古老的信仰
每根草睁大眼睛，交谈着目光中扑来的奇迹
它们用最绿的手，擎起喜讯，传向四野八荒
第一天，车队到达沱沱河，距预定的安多
还有一段惊心动魄的距离
夜间，所有的车轮都听到上天与风雪的对话
明天，还要用阳光铺路，不能有雪有风
它们的态度，是如此坚定，如此鲜明

唐古拉接轨

这里海拔 5 072 米
从安多北上，格尔木南攀的铺轨机
在唐古拉会师握手

蒙古语唐古拉的含义
是雄鹰无法逾越的山冈
可前来仰望热闹的雄鹰
依然振翅向这里飞翔
它们虽疲劳却没有消遁
途中飞到铺轨机上，叽叽哇哇
到之前无法抵达的高处观看盛典

雪峰上跳动着微笑的秋阳
这里是三个多泰山的高度
比秘鲁大铁路的制高点 4 817 米
还高出 255 米的高度上
野马和牦牛，是不请自来的嘉宾

牦牛依着彩旗，用蹄子敲鼓
野马仰着脖子向雪原吟唱
百里无人区的接轨仪式
大自然高高托起无边的兴奋

开国上将，铁道部老部长
打来电话，词语是那么巍峨雄壮
谁说铁路不能上天？今天
铁路在离天三尺三的地方
一定会惊呆天上的玉皇

西藏的老书记发来贺信
勉励铺轨机继续前进
一个轨排一个轨排地接起来
就是天路的高度，铺进拉萨的门槛

与事实一道走来的还有想象
文成公主驭秋风而来，站在接轨点上
思念，揭开八千里路云和月的疼痛
一千多年的思念，把沉重的乡愁盘成月亮
啊！远嫁西藏，她还不曾回过大唐
今天，顺着铺向唐古拉的铁路线
她把目光投向长安，那个埋着唐朝与爹娘的地方

乘白云而来的盛唐诗人
佩戴鲜花，坐在贵宾席上

他们思考着如何创作春风掠过高原的诗句
怎样把阳光添加到羌笛何须怨杨柳的韵律
甚至有人在想
将来怎样在雅鲁藏布江畔筑一处新房

有两位记者负责这次报道
各自代表对接的两组轨排
代表脚下路基的坚实与光荣，他们
把自己的单元看得很好很重
两人的目光里，埋伏着傲视群雄的神情
都想用与唐古拉同重的新闻事实
打造一张钻石名片，成就自己职业的辉煌

报纸，怎能把一个消息一分为二呢
于是，他们各自收起自己算盘
把文本的精华，融为一体
之后，两人在接轨处牵手留影
以高出唐古拉一点七五米的英姿
挽起博大的青海与西藏

那曲

那曲，多杏花春雨江南之韵
实则，是藏北辽阔的草原
唐古拉、念青唐古拉、冈底斯山，环抱着它
裸露出绿茵茵醉人的胸膛

那曲之曲，是河，而不是歌
貌似而不似的名字，搅乱了多少憧憬
这里，天似穹庐，海拔甚高
穹庐之下，无树，唯有风，没有坟墓的大风
是的，唯有风，把大草原
吹得抖出全部心情与个性，风吹草低
见牛羊，马群，那是大草原的灵魂

那曲，过去叫黑河，道路修远且一路关山
不满足草原这么高，这么宽，这么平
它要享受风浪一样的牧马生活，去逛逛外面的世界
于是，它跃身冲出西藏，流出一条滔天的怒江

脚步下，洗去了草原如茵的芳踪

呜呼！在我眼里，那曲就是一首歌
如果不是歌，那将是草原毕生的隐痛
那将愧对天高云淡的放牧姑娘
只有歌声，才配这浩瀚草原的青春形象
草原才拥有永恒的生命
只有歌声，才能唱出这里，天打的喷嚏
只有歌声，才能喊出这里，大地的呼吸
才能吼出风在草原上的角逐
才能让世界听到牧马人的口哨，以及马嘶羊鸣
才能让天涯海角，共同感受马背上成长的民族的文明

也许，歌声来自那条叫黑河的河上
河水孕育了草原，草原孕育了歌声
河与歌成为快活的伴侣
成为生死与共的知己
而今，远方而来的天路，也是一条黄金运河
更是一首响彻大地的歌
它朝那曲的大地上一站
这里，便隆起一曲天长地久
河与歌共同演奏的交响乐

纳木错

赞美你的词语很多
说你是天帝的女儿
念青唐古拉的妻子
蒙古族人叫你腾格里海
藏族人说你是天湖

是的，你是天湖
海拔 4 718 米，世界第一高湖
只有身高 7 162 米银装素裹的雄峰
才配和你做恩爱的夫妇
纳木错，你长得太美，太美
你那绝世的娇艳
让人看一眼，都是幸福
要感谢念青唐古拉的大度
他不是金屋藏娇
而是站在你的南侧
亿万年将你守护

谁想一睹你那蓝琥珀的芳容
必须先跨过念青唐古拉 5 300 米的胸脯
那是勇敢者的高度
怯懦者只能在山下止步

纳木错，居于至高无上之位
你却波波温存，浪浪芳心
亦碧，亦绿，亦翠，亦青
长年合吻于风雪世界
你总是亲亲热热地牵来阳光
浓浓淡淡地托起春的憧憬
你轻轻地喊一声，便喊来牦牛的希望
你撒出一片绿，能滋养羊儿的无数家庭
因为你的美，无数人来了去，去了又来
那绿的草，红的花，白的雪
都能给游客的心情保温
因为这里大地苍茫，牧草肥盛
你的每滴水，每粒土，都富有母性
喂养出湖畔星群一般的满地生灵

纳木错，我今天来了
我的确不能为你带来什么
只想在你这茵茵的草地上打个滚
将建设天路五年的疲劳全部滚掉
然后，借你的碧波洗把脸，恢复精神
踏上更高更远的征程

流血的石头会唱歌

他站在念青唐古拉山上
高喊着“我们都要做铺路的石头”
随着这位指挥长的喊声，一群铺路的石头
结构成铁路坚硬的骨骼

不幸，一次车祸撞断他六根肋骨
脾因破裂，出血两千毫升
苏醒时，医生说：若在内地，性命难保
这里海拔高，气压低，出血流速慢
为挽回生命赢得了时间
西藏救了这位流血的石头
西藏的辽阔让他敞开了拥抱大地的心胸
浴火重生，他为西藏唱出一首首赞歌

第一支歌，他建了一所综合性医院
治愈了一百二十多位脑水肿、肺水肿患者
为一千多位藏族同胞点燃起不灭的生命之灯
这爱藏爱民的大善之举

暖热了念青唐古拉闪亮的心情

第二支歌，他唱给了环保
古露车站要占用一块湿地
他将十四万平方米湿地的纳草
移植到缘桑曲河边
近水，亲水，再次与水接上血缘关系
让纳草的根部，把大地抱紧
他说，对于放牧的藏族人，草如天大
草是牛羊的生命，牛羊是他们的命根
阳光算得很清，16 666 墩纳草
一墩没少，全部举起新绿的旗帜
这天地之情，这诗、歌之意
为西藏写下一段鲜活的记忆

第三支歌，他唱给了文物
藏北八塔，年久失修，外损严重
他与文物部门联手，投资修缮，修旧如旧
使文物的形体里，闪烁出灿烂的历史之光
给厚重的文明，带来了无声和绵长的幸福

第四支歌，他唱给了孩子。乌玛塘小学
缺乏师资。他说，育人和修路一样重要
他派出工程师们，背着书本进课堂
把知识的雨水喂进春天的嘴唇
这块流血的石头，在西藏的每一天
都为西藏尽情地歌唱
用石头的坚韧与石头的铿锵

铁树上的花朵

题记：青藏铁路从1955年动议建设，到2006年建成，历时51年，期间，它经历数次“上马”“下马”，在时间掩埋的历史深处，有必要用分行的文字，厘清这岁月的脉络。

一

1955年10月，那个丰收的秋天
慕生忠想让铁路伴着金秋的收成一道走进拉萨
他邀请西北设计分局三位同志
对修路的可行性沿线考察
历时三个月，铁路的种子，从此种下

1956年，西北设计分局更名为铁道部第一勘测设计院
铁道部命令，勘察天路的工作要继续下去
这年6月，庄心丹率队，进行全线踏勘
《踏勘报告书》，成为天路的第一份文本

1958 年 9 月建设“上马”，西宁铁路分局和五万建设大军
张扬起他们上天的雄心
从西宁到乌兰一字排开，兵锋所指，势不可挡
铁十师跃马昆仑，在泉吉东至格尔木，想完成英雄的塑形
哪知，这浩大的工程匆匆退场
只有日月山的石头，安慰他们满心的忧伤
东线的关角隧道打了一半
两年的时间，仅把铁路修到海晏
成路 96 公里，令人叹息

二

1963 年 4 月，铁十师第二次走上高原
八个月，将铁路由海晏修到克土
铁路向西，蹒蹒跚跚地走了十七公里
呼吸虽没走进春天的肺叶
四千里远途，向前毕竟又走了一程

1969 年 4 月，铁一局接过未竟的使命，继续西征
三年的苦干，将铁路修到哈尔盖
青海湖把水做成哈达，湿漉漉捧到铁路的胸口
从西宁算起，十七年修路 168 公里
为什么西进，一路总是磕磕绊绊，磕不完的长头

三

1973 年，再次“上马”

哈尔盖到格尔木的铁路全线复工
铁十师 1974 年进驻乌兰，工程从哈尔盖西至连湖
铁七师 1975 年进驻格尔木，工程从连湖西至南山口
1979 年全线铺通，1984 年通车运营
没看清昆仑山那边的形状
一个“下马”的通知，铁路在南山口止步
青海唱给晚霞的歌声没飞过唐古拉山
西藏写给黎明的信，被风吹得无影无踪

四

四十多年了，那条名叫青藏铁路的天路
白了鬓角的霜雪，依旧徘徊在青海的中部
顺风耳，也听不到西藏白马的响鼻
2000 年 2 月，青藏铁路建设方案再次论证
2001 年 2 月，国务院批准青藏铁路要跨越昆仑，直向拉萨
2001 年 6 月，铁路终于在格尔木、拉萨两地开工
一切势如破竹，迎刃而解
2006 年 7 月，胜利建成，全线通车

51 年，一棵铁树，几次开花，几次凋零
这是世界少有的奇迹
这奇迹却是在天路上完成
结果还算圆满，满树鲜花，盛开在拉萨这座日光城

拉萨河大桥

一座桥，成为西藏沉睡千年后醒来的
起伏的大舞台
成为历史文化的主角
成为桥的家族中，一人独步的传奇
借着高原的风，乘着拉萨河的浪
自然风光、历史文化的元素
和漫长岁月里演绎的许多细节
睁着眼睛，成群结队地朝着桥址迁徙而来
想通过设计者的手，把自己变成桥上
某一个缩小的经典意象
向铁路时代述说新的言辞

山川风物，历史文化，参与设计，引领设计
大桥早就有这梦幻的野心，请看
那接二连三的系杆拱，在苍穹之下
宛如身披白雪起伏的珠峰
截面的连续箱梁，白色主调，多像草原的黎明

主桥的圆柱墩，似牦牛的骨骼，充满力度
引桥桥墩，都是盛开的雪莲
个个摆出求爱的身姿
上部的系杆，舞着白色哈达
庆贺的不是一次盛会，而是地久天长
一河碧波，演绎得风生水起，每朵浪花都是诗
把拉萨河挤闹得晃晃悠悠

北面的念青唐古拉山势陡峻
沿山的哲蚌寺、色拉寺面江而立
所有的建筑，都是拉萨河大桥永久的观众
南面的造耳峰不会说话，它沉默的表情
浮动着祝福的暗香和会神的聆听
桥西是堆龙德庆区和拉萨开发区
日日夜夜敲着键盘，计算着一座桥
会给旅游业带来多少收成
东面的拉萨市与布达拉宫和大桥遥遥相对
它们猜想着，这桥怎么一夜变成醉人的景点

感谢天才的设计者
拉萨河大桥，以一种绝唱的姿势
摸住西藏胸腔内的心肝脾胃
一座桥串起这里的无限风光
从站起来那一天，它的头上
戴满西藏的宝石，向世界举起青藏地区的文明

杨柳帖

快雪时晴，正是阳春
我揣一捆格尔木的盛情，向杨柳发帖
邀它同游天路
用飘飘柳丝的舞蹈
拂去我的寂寞

杨柳摆手谢绝，不是不肯
而是自然规律不予签证
沿着纳赤台一字排开，直到当雄
比秦岭还高的城镇
撑不起一个枝条的淡淡春色

那里，无处不到的风，找不到贺知章
细裁二月春光的剪刀
那里，同样书写着王之涣
春风无法抵达的无奈

杨柳，冒死不敢抚摸海拔四千米以上的阳光
高山杜鹃、云杉、冷杉
登上四千三，也是痴心妄想
到了西大滩，两眼泪不干
去了五道梁，哭爹又喊娘
上了风火山，进了鬼门关
登上唐古拉，生命给阎王
六月雪，七月冰
八月封山九月冬
一年四季刮大风
哪一天都把树的生命踩到九霄云外

任何生命都有它生存的法则
为了让无数嫩芽诞生
喊醒满山绿色与万紫千红
树木王国发出集体撤退的命令
躲开死亡之地
用生春的手掌，去润绿天路以外的精灵

我理解杨柳
无限江山，并非都是春光
空无春色，才是天路的青藏
对于树木，这千里冰雪铺满的是一路死亡
是一万年不变的冬天
是有草无树的空旷
活着的草早已习惯，不因缺树而感到孤单

缺席的树早已习惯
避开冷冷发光的剑口，是命运的必然

树要呼吸二氧化碳
这里短缺二氧化碳
阳光、温度、水分、空气和养料
是植物的生命线
这里，阳光不能给树木浴身的温暖
这里，大地不能给树木安家的土壤
这里的空气，不能填饱树木饥饿的肚肠
千里青藏线，不是一卷随意泼墨的素纸
它永远不会成为树木的故乡

只有天路上那些创业的人
以比树木还能扎根的精神
才能为这里创造一个
不以树木为标志的春天

天路梦圆

世界屋脊落下的那声哨音
让四海惊喜，青藏铁路
最后一组轨排在拉萨落地
2005 年 10 月 15 日上午 10 时
铁路上天，梦想成真。西藏庄严地推开
腾飞的时代大门，走进一个新鲜的早晨

路要上天的期盼
在西藏的胸膛里像钻石那么纯粹
就像古老的藏歌，活在骨里血里
就像挺拔的珠峰，举着命运的张力
就像雅鲁藏布江的奔腾，乘梦而歌而行
就像山川大地
日日夜夜负载着执着的追求讯息

铁路要实现它飞天的梦想
就是在三万尺高空，也挡不了上天的力量

昆仑早已寄出十万封情书，西藏需要
请把铁路铺在我的胸膛
唐古拉山多次提出申请
铁路上天，我敢用双肩去扛
天路的高度，就是青藏高原的前进速度
天路飞抵西藏，才有西藏经济的腾飞

今天，天路实现了飞天的梦想
千年多的铁树在珠峰下开始开花
一千年的等待埋在了地下
一千年的幸福唱给了人间

今天，天路实现了飞天梦想
几代人的承诺，几代人的骨头与热血
几代人的智慧与奉献，在一首《天路》的歌曲里
奔突，跳跃，狂欢，激荡。同时
又向着更高的强音乐段而变奏
这是春天与秋天的一次对接
这是时间与空间的划时代握手
铁路飞天，西藏将从世界的最高处
又飞向一个更高的理想高度

天路，从起步到终点，走了半个世纪
有谁见过这样不屈的奋斗
有谁见过脚力这样的持久
有谁见过在这“三上两下”的经历中

那不屈服的意志和逶迤向上的雄姿
没有这一次一次的起伏
怎谱出这气贯长虹的音符
天路，翻阅你那一次次昂头西进的历史
分明是一部奋斗者之诗，
创业者之诗
西藏在天上，高岭耸云，大河横空
比蜀道之难，又上一层
无路蹚路，路的尽头，还是无路
在无路之处，还是蹚路，修路
路，每前进一步，都铺满奋斗与汗水

每一次西进，都是从几代中国人的愿望开始
而高耸的雪山和深厚的冰层从来不愿服从
每前进一步，都流动出浩大的生命旋律
每一次“下马”，都刺痛高原和所有跳动的心

而中华民族之心，仍然从青海伸向西藏，从雪山伸向草原
天路跋涉五十年，那颗心，五十年疼痛又五十年兴奋
四千里天路，布满一个又一个死结
解开每一个死结，都让科学开动脑筋
地理的断层，靠生锈的
铁铲、十字镐已无法缝合。冰垒的地层
在那壮阔的山川下，布满苦难的梦境

向西藏修路，是一曲响彻天庭的壮歌

几代人不断用血召唤和用心呼喊
向西藏修路，是一道几代人费解的方程
为西藏送去比太阳更亮的光芒，就是伟大的求证
向西藏修路，是青春，终生，子孙的接力
向西藏修路，是鲜血、汗水与坚韧的共济

1921 年，人类开始登攀珠峰
到 1953 年第一次登攀成功
一座珠峰整整登了 32 年
修筑天路，中国人却慷慨地泼出五十年的时间
想想吧，比珠峰还难登的十八年
重叠组合了怎样的险关
五十年的脚印，磨哭了多少春夏秋冬
五十年的坚守，有多少英魂留在这苍茫的山川
五十年的挺进，时光从来没有耷掉
时刻都在倾听着西藏的呼声
五十年的岁月，日光没有一天衰老
一直把西藏的幸福与利益举得很高，很高
跨越昆仑、唐古拉与念青唐古拉
就是我们扛路上天的实践
破解高寒缺氧、550 公里冻土与生态脆弱的
三大难题，就是我们一路踩出的奇迹
五十年，把四千里青藏线铸成一个精神高原

铁路飞天，从此西藏结束了每年人均只有 1.2 公斤煤炭
铁路飞天，西宁 200 元一吨的煤炭

在拉萨再不会一吨卖到 600 块钱
铁路飞天，100 元的人民币的价值在西藏也不会不到 60 元
被运价吃掉的 40 多元，会在未来的日子里寻求突变
铁路飞天，这是何等的壮观啊
十万雪峰举笔，也写不尽这辉煌的璀璨

今天，流淌着牛奶的拉萨，流淌着十倍的奶香
今天，西藏的姑娘都学着才旦卓玛放声歌唱
今天，秋日甜蜜的果实撞上太阳
诗一般的香，醉了深呼吸的西藏
今天，每一声笑声都在云里扎根
长出未来的源远流长的欢欣
今天，每个视角都是镜头
五彩缤纷的色彩，向着雪，向着水
向着云层，向着幸福
争着在世界面前述说西藏的风流

今天，把最后一组轨排铺在拉萨怀抱的
是王智勇和他的团队
王智勇与登高英雄杨连第同一个部队
与飞天英雄聂海胜同一个家乡
他和队友们扛着筑路人的登天使命
把铁路铺进了西藏这个人间天堂

天路首航

2006 年 7 月 1 日，天路首航
格尔木、拉萨把春天的气象
全部抖搂出来，覆盖了万里高原封闭的疼痛
让这片云中的山水燃起沸腾
西藏的老书记千里迢迢仍从北京赶来
把中华民族的祝福带到苍茫的高原
从此，这里，山不再高，水不再远
甩掉闭塞的沉重外衣，轻松地挽起内地
一起在陆路上飞行

脱胎换骨的季节到了。握满春风的煤炭
价格一下子降低了一半，披着阳光的水泥
每吨由六百元降到四百元。火车轮子一动
吹走一个高价的黑夜，迎来价格合理的黎明
西藏走进轨道的经济时代

天路，给西藏安上了造血器

天堂，从文字走进现实。用它蓝蓝的天
白白的云，高高的山，一首首高昂抒情的藏歌
以及八廓街的金银器和念珠，与市场交谈
用西藏风土人情的手，牢牢地握住小康
把甜甜的雅鲁藏布江，移在心上流淌

天路首航，一头便撞开奔向小康的日子
外来的项目，像格桑花一样
闪着渴望的内心，一波高过一波
与山比高，与水比长

布达拉宫

著名宫殿中，只有布达拉宫长出了两种骄傲
资格最老，相传建于公元七世纪
目光闪烁着人类一千多年的命运
当大唐公主入住的时候
其他宫殿还没有触到受孕的讯息

身段最高
居世界屋脊，阅遍翻涌的世界风云
珠峰为它作碑，述说它厚重的文明

高铁过青海

高速铁路把中国的东部走小了
它把脚伸向更深更远的西部
去西部，它没有按规矩走路，跳过陇东的黄土疙瘩
双脚落在兰州，去捞黄河里的落日
它嫌两山夹一河的兰州太小
放不下一方昆仑玉，撑不起一片天山雪
它开拔启程，让高铁梦在大西北繁殖

高速铁路，有不寻常的思想
它不愿吃别人嚼过的馍，不愿穿新鞋走老路
它说，它要在
没有翅膀的地方，给大地插上羽翅

它看上了西宁，要去读一读昌耀的诗歌
它的兴趣太多，到了青海
向日月山问候，又与青海湖握手
然后一头扎进门源

从偶遇的羊群
到祁连山冷寂的雪
它悟到了这里明日的繁荣，要找到一把钥匙
于是，它摇身一变，就成了一把钥匙
从门源找到打开新世界的锁孔
头顶着三千丈白发的祁连山
一夜间变得年轻

出祁连，它又惊喜地走向天山
几千里的遥远，竟缩短为半天的时间
它感到天地很小，又觉得道路很宽
世界小，小得已经藏不住思念
道路宽，宽得可安下五湖四海，地北天南

青海湖畔的送行

青海湖畔，清冷的小站上
我挥出全部积攒的热情
款待大唐走来的李白与王昌龄
一位月光诗仙，一位诗家夫子，携手天路采风
生活的蓓蕾，一定会绽放一个诗的盛唐
远道而来的两匹瘦马，啃着青草，喷着响鼻
我向诗人陈述，把它们留在青海湖边
天路比西出阳关更高更远
大唐而来的马匹，没有跋涉昆仑、唐古拉的脚力

一桌美酒佳肴来自长安，醇香的风味
千年前便飞扬在诗人舌尖
怕他们醉了，清风奉上日月山的冷冽
昌耀的诗，属纯正青海特产
是餐后端上的甜蜜的果盘

诗人虽是文学天空的太阳

他们何曾抵达青海湖以西羌笛横吹的雪原
青莲居士，在严风吹霜海草凋的地方
你暂且不要狂放，跃上阅尽人间春色的昆仑
仰天大笑，你吐出的诗篇会和雄鹰一道飞翔
少伯先生，在青海长云暗雪山的诗句产地
先按捺住心中潇洒激动的诗情
登上唐古拉，你再把澎湃的诗浪，泼给浩大的青藏

此行天路，再不是古道西风
我已给你们买好车票，由哈尔盖一站站可至拉萨
同时，备好了徽墨端砚、宣纸湖笔
至于酒具，是昆仑顶上那轮透明月亮
斟满冷霜，斟满神话，斟满大唐未曾实现的梦想
边酌边吟，把玉珠峰、风火山、唐古拉
把沱沱河、通天河、拉萨河
吟成跳出唐朝的绝唱
留给西藏，交历史传唱
坚信，王昌龄笔下，都是和谐的歌舞
李白吟唱的石头，比蜀道的奇峰都要荣光

告别昆仑

我是小人物，不敢披时代的外衣
今天与昆仑告别，竟如此恋恋不舍
在这里，我泼掉八年的青春，加上后来零碎的
来来去去，我握住昆仑十五年飞扬的积雪
行踪标出整整三十年的跨度
几乎铺起人生三分之一的里程
我在不知物是人非的岁月里徘徊
多次徘徊出思想的疲惫，黄昏的精神
与故乡隔绝的天地间，无法收割亲情
健康的异端，疾病，攻陷了我的身体
我的额头，举着两颗张望的星星
盼望着像摘掉疼痛一样，与昆仑告别
去内地，找回幸福的人生

今天，告别昆仑，我的泪是那么多
心是那么痛。自己是胜利者，还是完败者
那列阵的雪峰，似乎看透了我的羞愧之心
这里，不是轻易告别就能告别

不是一挥手，就打开高原外的另一页
这里埋下了我师长的年轻的灵魂
这里埋着一百零八位战友的尸骨
每年清明，都是我代表他们故乡的亲人
这里，我用吼叫的风枪，让铁路多长了一寸
这里，我用格尔木的雪水，养活了一棵杨树
如今，它已为天空献上一片绿荫
因为爱上这里，我曾被故乡的姑娘抛弃
不自觉地把爱，播进这里的山川与大地
播种爱的一腔热情，竟染白我的双鬓

今天告别昆仑，泪眼望着那黄羊、牦牛
望着那巍峨的群山，那肥沃的白云
难舍难留，欲行又止，欲止还行
这难割难舍的恋情里，难道说我也有披红挂彩的
青藏精神？不！不！我没那么高尚，我不配
潜在心底的，我是想当一名逃兵
只是最终没有去当逃兵
我选择了文字，用几行苍白，举起誓言
把价值不大的青春岁月，交给昆仑打理

昆仑，告别了
我还是壮年，热血已点亮了我的脚步
我要去寻找那无数座不叫昆仑的山峰
从行囊里，我取出一万里阳光的声音
向你高喊，我心里有一座大海
定能永久地安放下你这博大的昆仑

高原八日

题记：离开高原多年，很想念那里的一山一水，常常梦回昆仑，与它谈天说地、谈古论今，不料，这样让我思念更甚。不久前，我重返高原，在那里待了八天，对那里的山山水水又有了新的认识，从审美角度论，又有了新的升华。这八天，虽然高原没有足够氧气，供我享受海平面氧气充足的待遇，但那里的神山圣水，仍然让我乐而忘返，幸福满满。后悔当初离高原而去，以至不能自已……

哦，桑榆之年
是否有庄严的时刻
是否有夏日的花园
是否有乐而忘返的山峦
我站着，望着，等着
心头充满又苦又甜的滋味

昆仑对我说：有！有！幸福在高原
啊！高原，情牵梦萦的高原
在那里，我把青春泼出

在那里，理想拔节生长
离开高原已经多年
那里难道能让我的青春再次循环
于是，我迎着飞雪走上昆仑
我一遍遍亲吻着玉珠峰
它依然那样拔地耸天
我千遍万遍问候玉虚峰
它依旧白雪皑皑，那么庄严
我看见格拉丹冬的雪水
一路东下，孕育出长江
和一百八十万平方公里的春天
万山之祖的莽昆仑顶天立地
亲不够，看不够，摸不够
它喂养风雪，更能喂养我的诗篇

高原，为我摆好了筵席
让我在人间的最高层
阅读那日月星辰
那是独一无二的王国啊
我在此，享受这世界之大
品尝这人间之甜

高原，当年我不该离你而去
你才是，我要寻访的理想之所

自己脱离了高原
使得简历上一片苍凉
甚至连写出的文字

都少了几分风骨，几分热量

要说，我应做高原的好汉
伸手可抱月中嫦娥
迈步可转天庭的花园

好了，好在时间安排我重返高原
即便只是八天
在凋零的晚年，盛开的青春，却走进心里
在铺开的纸上
我所种植的文字
都把幸福与欢乐高唱
高原啊，你是我渴慕的友人
气味相投，挽手并肩
在人间绝地
高处不胜寒之处
我们心心相印
接续前缘，免我四处流离
免我无枝可依

高原，我的高原
晚年的青春，我将交给你了
在玉珠峰，在玉虚峰
在流向大上海的沱沱河
我要留下亲你吻你的印记
把蓄存一生的爱留给你
即便劳累，即便病痛，即便缺氧
也会幸福满满

我爱西部，我爱高原

怎么也忘不了西部
忘不了高原
那里的山，那里的水
锤炼我一身筋骨
一年又一年，为我披上男子汉风度

像玉门关、阳关，春风不度之地
我的脚步，吻遍了那里的大地
它们把我当成春风，当成故人
和那里的水，那里的草
结成忘年之交，爱得如此一心一意

像玉珠峰、玉虚峰、唐古拉
我都迈着青春的步伐走向它们
用舌头卷出千卷诗稿
赞美它们的博大、辽阔、壮丽
分行的或不分行的诗

充满现代元素，成为青春的一部分
坦诚地耿直地献给了那里的山山水水

我曾是一名军人
所有的雄心壮志都俯下身去
亲吻可爱的西部，可爱的高原
并以军人的名义宣布
为满足我的生命之大爱
西部与高原，就是我终身热恋的爱妻

评论

铁路，把绵长的心事托付给战士

尹玉峰

铁路，把绵长的心事嘱托给战士，期望战士在建设者的行列中昂首阔步！从起点到终点，一个浑圆的大圈，若退着走，离终点最近；也见有人陶醉，也见有人欢呼；于是有人原地踏步都会觉得辛苦；不乏有人以车代步，安逸陶醉中，一万个影子也叠不出一毫米的高度。可是铁路的心事，被战士读懂后，心中便长满了兰蕙，洒下坠露的花香！

在《中国铁道建筑报》原总编辑朱海燕的诗行里，我处处闻到这缕花香——光荣的人民铁道兵，时刻想着为人民再立新功，与人民心连心；严格遵守三大纪律、八项注意，一切想着人民，一切为了人民；党指向哪里，就能到达哪里，就能克服所有的艰难困苦，不折不扣地完成所承担的任务。作为国家新闻出版总署确认的全国新闻战线领军人物朱海燕，视野开阔，胸臆大张；着笔为思，提简丝流，墨意入境，心叠诗痕，笔尖缱绻。诗与歌，情动于心，诗以言之，歌以咏之。

战士们用最美好的青春去温暖冰冷的钢轨，将铁路铺到祖国的东西南北！这场大爱无疆的旖旎，撑开了铁道兵以身殉志的血色雄秀！从容地行走着红色浪漫、子子孙孙们的幸福和自由。行遍花丛千万景，回望云桥几春秋？朱海燕在诗的叙事、抒情中充分打开他创作经验的层理，在物我的对话中呈现诗境及其话语表述的复杂样貌。其结构，层层渲染；其布局，潇洒远逸；其色彩，斑斓若曦；其情感，荣辱与共。

他让战士对人民最彻底的爱，乘着诗的翅膀飞翔！无论落到哪个角落，都能安静地触动战士心中最柔软的地方；让他蓦然感受到与诗境、意绪、语言有关的完美创作，就是人生一场惬意的徜徉！所有流光溢彩的感动，都在记忆喉头上哽咽，晓月、军装、钢轨、高铁架桥、基石路影……述不完的心愿，读不尽的内涵；于是他把诗酿成一壶壶老酒饮尝；那捻遍银两，也换不回的陈酿的芳醇，经年不忘！问世间何为情种？无论在多么偏僻、多么荒凉的地方，都能够安贫乐道地奉献出忠贞、热爱、肝胆！

写在铁路线上的生命长歌
——读朱海燕的诗

祝宝玉

从生命意象这个角度来说，朱海燕笔下的拓进的铁道线，奔驰的高铁，就是对生命的意义阐释与内涵解读。这种本我与喻象融合之后的双向阐发，使得他的诗句呈现出可视的观感，是向内的，也是向外的。在诗歌映照的语言镜像里，既可以寻及诗人跋涉的路线，也可以目及生命的高蹈之舞。诗歌中不断涌动的进发态势，是生命热切的博弈，是英雄式的与虚空搏斗。诗人不甘居于一隅，他体内亢奋的意志牵引着双足踏上艰辛的旅程，他跟随着铁路线穿过平原、山峦、草海、戈壁、高原……直至语言不可企及的远方——那太阳喷发光芒的所在，那理想冶炼的高炉。

那么，在朱海燕的诗歌里，“铁路线”这一物象指征几何呢？我想，可以引用他的几行诗句来说明,“划出生命的轨迹”“坚硬的生命在矿石里跳跃”“史诗般地刻在西进里程碑上”。这是三个不断提跃的层次，向西伸延的铁路线，预示着生命必将历经颠簸的考验，荆棘的磨砺；胸腔里装着一颗岩石般坚硬的心，投入时代的火炉，在经历高温冶炼之后，提纯晶洁的理想，最后，把平凡的生命跃升进伟大的行列，被雕刻，被铭记，在铁路沿线的路界碑上，也在历史发展的里程碑上。

在一定程度上，可以把朱海燕的部分诗歌归属为铁路诗歌，这与他从事的工作有关，然而，作为一个成熟的作家，朱海燕前瞻性地避开了类型化写作的窠臼。我们可以看到，朱海燕的诗歌是外延的，多点触发的，有着较为广阔的升腾空间，指向天空，涉入历史，乃至涵盖地理和人文。同时，朱海燕也突破自身职业的限制，强化自我的多重身份，这样，也大大充盈了他诗歌创作的主题，以铁路为基点，却把笔触牵连向铁路沿线的风物、人文、地方史、地理学，且这种代入感毫无违和。

“从偶遇的羊群到／到祁连山冷寂的雪／它悟到了这里明日的繁荣……从门源找到打开新世界的锁孔”（《高铁过青海》）“修路的士兵，把独自兀立的白杨／视为生命，稀罕如油的那碗水，他们珍惜又珍惜／早晨刷牙、洗脸，晚上洗脚，而后／伴着月光，让它流进白杨之根”（《荒原上有棵杨树》）“至于酒具，是昆仑顶上那轮透明月亮／斟满冷霜，斟满神话，斟满大唐未曾实现的梦想／边酌边吟，把玉珠峰、风火山、唐古拉／把沱沱河、通天河、拉萨河／吟成跳出唐朝的绝唱”（《青海湖畔的送行》）从这些诗句中可以窥见朱海燕宏大的写作抱负，他试图以铁路线为经、以山河为纬交织出一幅宏大的西域风物图谱。而在这图谱之上，嵌入的不单单是诗人的足迹，还有诗人眺望的山河，沉思的人间生活，以及仰看的天空星辰。基于此，当我们在阅读朱海燕诗歌之时，西域之景观便缓慢打开，我们跟随诗人的行旅步入西域宏阔的现实场域，来自地理的震撼，通过朱海燕的笔端传递至我们的心房。

昌耀，是朱海燕的好友。在“清风奉上日月山的冷冽／昌耀的诗，属纯正的青海特产／是餐后端上的甜蜜的果盘”这一诗句中，朱海燕把昌耀的诗看作最纯正的青海特产，昌耀的诗，所指向的生命空间，与他的是叠合的。昌耀是不可替代的，如青铜般凝重而朴拙的生命化石，如神话般高邈而深邃的天空，我们深深感谢他留给诗坛一个博大而神奇的认知天空。今天，我们再次从朱海燕的笔端，开启对西域的认知，是“乘坐高铁”的，这急速的视野下，天空辽阔得再也不能转瞬即逝，生命的化石不可能被风销蚀，那些精神的结晶——诗歌，在朱海燕面前铺展的稿纸上，从匍匐变成飞腾。昌耀如此，朱海燕亦是如此，“在静默的喧嚣中迸射出震撼人心的力量，以一种纯粹的、高贵的、切入人类心灵的灵光逼照着我们斑驳的灵魂”。

昌耀曾言：“生命（或者说人类生活）给予我的感受总是偏于沉重，而生命（或者说人类生活）又总是愈挫愈奋。我希望自己的作品呈示的是人类的这种高贵的抗争与悲壮的美感。”我以为，此句亦可评价朱海燕的诗歌。朱海燕的诗歌创作不是书房臆造，而是真实地亲身践临，他的双脚始终行走在跋涉的途中，昆仑山、青海湖、锡铁山……他不仅书写着壮阔之美，且体验着、创造着它，与大自然恶劣环境的抗争，对于朱海燕来说太平常不过了，虽不说历经九死一生，也可以说蹈火赴汤。正是这种生活的磨砺，既锤炼了他的身心，也锤炼了他的诗句，苍凉、豪迈、荡气回肠。

“为那个神秘的代号，不曾相识的信箱干杯 / 高兴得让人把酒当成凉白开，咕嘟一声下肚 / 喝醉了，硬说自己是景阳冈打虎的武松”（《大柴旦信箱》）“高速铁路，有不寻常的思想 / 它不愿吃别人嚼过的馍，不愿穿新鞋走老路”（《高铁过青海》）“春不到盐湖，哪有什么花 / 分明是卤水身上洒 / 来吧，绿色军衣像棵树 / 上上下下任你挂”（《盐花》），在朱海燕的诗歌中，有明显的口语入诗的写作倾向，而他所起到的反讽效果，大大提升了朱海燕诗歌的现实性。朱海燕诗歌中偶用的戏谑之语，没有令诗意大打折扣，而是升华了诗歌的能指空间，它契合一般读者的阅读认知，从而打开一扇了解诗人内心的窗口，实现烛光同照，灵犀相通。

聆听那吹过山峦的劲风，触摸那舞动的戈壁荒草，掬一捧雪山之水，在朱海燕的诗歌里，不存在冥思的幻想，他书写的更多的是真实的场景，他亲身体会的撞击和疼痛。在朱海燕的诗歌里，生命不是柔软的，而是坚硬的；不是妥协的，而是争取的；不是后退的，而是前行的。那西域广袤场域里的自然秩序，就是生命、宇宙的秩序。生命不该被束缚，朱海燕以身犯险，只身奋斗。他，就是一列高铁，奔驰在无限延伸的铁路线上，那枕木的每一次颠簸都是大地的激励，他的生命不受谁的驱策。

在突破中追求自己的风格

——读朱海燕的《天路向拉萨》

杨柳岸

可以说，我是朱海燕笔墨生涯的见证人，也是他作品忠实的阅读者，从他的第一首诗见报，直到当下的作品，我几乎都一一拜读过。他是位高产记者，也是位高产作家，想想看 2000 万字的辉煌产量，那是什么概念。著名画家何家英曾问过海燕，你是作家还是记者？是诗人还是艺术批评家？这种疑问，揭示了一个现象：海燕还是一位跨文体写作的高手，不然，也不会让人产生如此多维向度的疑问。

跨文体写作他是否成功呢？他获取的各种奖项足以回答这个问题：就新闻来说，八次获中国新闻质量最高奖——中国新闻奖，九十多次获省部级新闻一二等奖；1988 年获取“范长江新闻奖”提名奖后，2004 年又问鼎第六届“范长江新闻奖”；就报告文学来说，长篇报告文学《北方有战火》获中宣部“五个一工程”奖；就散文来说，《深秋挥泪送穆青》获中国报纸副刊金奖；就诗歌来说，两首汶川抗震诗列于全国十首优秀抗震诗中。

朱海燕原来是写诗的，之所以在诗坛没有翻江倒海，是因为他过早改行做了新闻工作。从他贡献出这么多的优秀新闻作品看，中国铁路是不能少了他这支如椽之笔的。

尽管他说，对诗少了依恋感和归属感，但读他的这部诗稿，依然可以感受到一位成熟诗人的文化基因。他写诗的激情宛如江河，一旦打开堤口，源源不断的诗歌，就会以时代的指向，奔腾而出，流向读者的心灵。这不仅是命运的契合，更是一个文化人使命的担当。他像写新闻，写艺术评论，写散文，写报告文学一样，用耐心用韧劲用激情去写他的每一首诗，让自己轻松自如地回归诗人的身份。

意大利小说家卡尔维诺说：“我对于文学的前途是有信心的，因为我知道世界上存在着只有文学才能以其特殊的手段给予我们以感受。”朱海燕十分理解卡尔维诺这句话的意味，他从自己熟悉的青藏生活与新闻实践中，让诗歌又一次旺盛地繁殖，让生活积累又一次诗性地外化开放，让孕育内心的情感，经过整理后，实现又一次升腾。如果不将内心精神水源的激流放出，我相信，这位素心山坊的主人，就不会有一个安歇的精神世界！青藏铁路，这不容忘却的历史，分分秒秒都悬在他的心上，不吐岂能快哉！

有人将海燕的诗归结为铁路诗、生活诗。是的，铁路铺于大地，因为大地坚实，列车才能陆地飞行。铁路是有根的，所以海燕的诗歌也是有根的。有根的写作，才能写透生活，才能接地气，才能有生命力。再说，铁路本身就是生命的动脉，海燕是用生命来写铁路的生命，必然会引起读者心灵的共鸣。在这部诗集中，如《天路受孕的季节》《寻路》《张鲁新》《无人区方案》等，堪称是一曲曲命运的交响乐；如《旅途》《生命的扳道工》《一根火柴》《乘车穿越我开凿的隧道》等等，都与生命相连，读起来让人揪心，感叹。生命在一端，诗在另一端，让激情漫游其间。生命与诗歌的联系，形成一种互相关系，这种生命与诗歌的高度合一，让人对其笔下人间的体验，就有了深刻的心理认同感。

海燕是著名记者，当然也是位成熟的作家，他的激情诗语，不是简单的触景生情，而是在历史与生活的背景下，把诗语打造成钻头，从血里从骨头里掘出带有真情的文字，让人读得心灵发颤。他推出的大背景，与具体生活形态拉开了巨大的审美距离，呈现于眼前的不是一事一物，而是生活的海洋和一个庞大的诗意空间。他写的是一个独特的天路生活，他是以一个诗人的诗性，独特地构思，独特地写着，在上百首的诗作里，让人似乎都看到了诗人自己的身影。

他的诗语摆脱了固有的传统，不造作，不装腔作势，接近现代新诗，又不落现代新诗的窠臼。诗中有留白，更有扎实的表现内容。他深知，对于创作题材的诗，过多的留白，就会导致虚无，飘浮不定，不知所云。在特殊的创业写实题材上，可触可视可感，是诗歌生命的基石。

纵观海燕的这部诗集，大气，开阔，豪迈，雄浑，厚重，爆发力强。其诗的诗意，主要由情感思想的诗意和语言形成的诗意组成。诗意是构成诗美的基本元素。诗人自己的内在体验和直接的语言表现使诗歌达到一定的艺术高度，从立意，构架到语言几乎都具有诗化的特征。在写什么、怎么写和技法及意象上都体现一种探索与突破。

后记

一

对这部诗集的来龙去脉，想做个交代。

我有位文友，即湖南衡阳的甘建华先生。他为了选编《在那遥远的地方——离开青海情系高原海内外诗人36家诗辑》，从我的博客里扒出我多年前写的五首诗来。选入后，他才发信告诉我，这令我很是感动。博客里储存着大量庞杂的文稿，他一一过目，阅读筛选，无异于沙里淘金矣。

我将诗稿转发给《中国铁道建筑报》二十局原驻站记者王昌耀，他是我有联系的三位铁道兵战友之一。昌耀将诗稿转到他的微信群里，被原铁道兵诗人李武兵先生看到了，他对那组诗给予极高的评价。

之后，武兵要编发《铁道兵诗库》，推介铁道兵诗人的作品，让我将过去的诗稿整理一下发给他。

我写诗甚少，满意的更是少之又少，从来没有把诗执着于理想，当然也不可能深深把它根植于内心。抱着随大流的心态，翻箱倒柜把那些早期的诗作发给了武兵。

组诗在网络平台上推出后，反响还不错。都市头条编辑委员会主任、资深媒体人、著名诗评家尹玉峰先生以“铁路，把绵长的心事托嘱给战士”为题，发表评论文章，认为诗歌“视野开阔，胸臆大张；着笔为思，提简丝流，墨意入境，心叠诗痕，笔尖缱绻”。

安徽实力派作家、评论家祝宝玉先生专此撰写了《写在铁路线上的生命长歌——读朱海燕的诗》的评论文章。安徽作家网同时转发了祝宝玉先生的这篇诗论和我的那组诗歌。

在那组诗歌里，有不少是反映青藏铁路的作品，也许因此，才博得诗评家的好评。对于我来说，青藏铁路建设是一段伟大的历史，我无法和那段历史告别，因为感受深刻，甚至无法接受另外一种幸福。一提到青藏，心脏就快要跳出胸口似的，因此，我诞生了一个新的想法，就青藏铁路这一主题写一部诗集。

问题在于，我已多年不写诗，岁月会不会把心灵中的诗性削薄，薄得不能撑起一个诗语的分量。还有年龄的阴暗，早已覆盖了欲望的光明，自己还有无能力把岁月深处那些有色彩的、有诗意的、碎片化的生活细胞和原子，用诗的语言把它们归拢起来，让它们纷纷复活，插上诗的翅膀在读者的目光与心灵中飞翔。

欲望可以刺激理想，往往也会带来恐惧。

我与诗歌，似乎是一对结婚又离婚，离婚又复婚，复婚再离婚的夫妇。没矛盾，但总不能在一个锅里扯勺子，陪伴生活一辈子。20 世纪 70 年代和 80 年代，我像疯了一样写了一阵子诗歌，虽常常见诸报刊杂志，但并未取得满意的成绩。

后来，新诗崛起，诗语在更大系统形成巨大的张力与纠结，几乎颠覆了既有的诗的世界。

诗歌不再满足于过去一段时间里所谓以标语口号，大喊大叫作为旗帜与代言。现实生活中，那些可言与不可言的心灵絮语，都在新诗中寻求精神的助力、发声的通道。朦胧含蓄的诗语，成了精神上和心灵上的宣喻和慰藉。接受不接受，看懂看不懂，它都风行于世，势在必行，当仁不让了；而且一日强似一日地占据诗歌的领地，成为常态常势。这些诗语更多是心灵化的诗意传递，强烈的自我风格彰显，诗歌的价值取向追求的是原真的本性和诗意的诗性。

对于崛起的新诗，我只有钦佩，却不能自由自如地跟进，进入诗歌复兴的队伍，与它们站在一起。于是便渐渐地远离了诗，这是我不再写诗的主观因素之一。

其二，从客观来说，我从青海调入北京后，转行专司新闻工作，成天南船北马，东跑西奔，实在无暇顾及诗歌创作。不能只种自己的田，荒了公家的地吧。

我把诗置放在心灵的深处，一晃就是二十多年。2008 年汶川地震时，我已是一家报社的社长兼总编辑了，残酷的灾情与抗震的悲壮，突然撩起我写诗的激情。我约用一个星期的时间，写了十几首抗震诗。后来一家出版社在海洋般的诗歌中，评选出十首优秀抗震诗，我居然有二首忝列其中。现实算是对我写诗的能力做了一次测验：对诗，仍能为之。

2014 年，当 150 万字的京沪高铁长篇报告文学完稿后，我断断续续写了一些关于家乡的诗和几首铁路题材的诗。甘建华先生所选的五首诗就是那时的作品。之后，由于接受一项写作任务，我再次把诗歌创作放下了。到写这部诗集时，间隔着九年的漫长时光。可以想见，这种三天打鱼，两天晒网，与诗分多聚少的状态，没有思想的沉淀，没有磨砺语言的时间，怎能让满意的诗作进入深层的艺术景观和精神景观的文本建设之中呢。

不敢写诗，是因为诗难写。诗所叙述的东西，应该是从语言的绝境中发出的前人或他人未言的东西。诗语前进的路径，就是开启思与诗的道路。诗的语言应以清新的方式刷新以往的自己的或他人的诗的面孔。就文字而言，无疑是在创造它叙述的历史。而文字的连接和搭配，不像小说，不像散文，它是新的，绝的，奇的。要新到让人的眼睛发亮，要奇到让人发出惊叹。诗语的连接，其实就是诗人精神生命细微的情感的流动，相互契合，造就每个句式的出现或思想和心绪的连接，使诗语能够高能量地触及人们心灵而喷发。

诗难写，说明诗在进步。就文学文体来说都在进步，但我以为诗的进步幅度最大，它同世界诗歌已经同频共振了，唯其如此，一些过去写过诗而没有跟进的人，不敢再去触及，找不到当下词汇变诗的暗码，抓不到晃荡在眼前的那条诗的光带。

自己重入诗苑，能否抓住这条光带，找到语言的暗码？我心中没底，而且发怵。

二

以诗的形式写青藏铁路应该写什么？法国历史学家马克·布洛赫认为，最富有洞察力的历史方法论是

“让历史存在于整体之中”。他的这一观点同样适合于诗学，也就是说，诗的涵盖范畴也应该包括富有洞察力的历史学意义。诗，毕竟是诗，它不是历史，但它应该是能够表现和反映历史的。我们从许多中外著名诗人的伟大作品中，能够读出历史，能够感受到诗里迸发的历史精神，从他们的诗中，能够触摸到历史的源头，找到历史与现实的结合点。

可见，诗与历史犹如硬币的两面。在诗里，既能找到叙述分行中围绕灵动的诗思的行走，感受到语词的生命力所创造给予的欢愉和快感，同时，又能真切地了解历史，理解历史，让诗在历史中奔流，让历史在诗中行走，形成一种新的艺术的历史性的格局，使读者无法拒绝，并欣然接纳。

关于青藏铁路的前世今生，我是知根知底的。从哈尔盖到格尔木一期工程的建设时期，我在那里生活了八年，经历过煤气中毒、翻车遇险之难，走遍了所有工地。青藏公路之父、青藏铁路建设动议第一个提出者慕生忠将军，1982 年重返格尔木时，我不仅是他报告的聆听者，而且在他做报告的当天下午，在格尔木站的招待所里，对他作了一个下午的采访，并将他 20 世纪 50 年代所写的诗作，推荐到有关报刊发表。

青藏铁路格尔木至拉萨段的二期工程建设时，我又专程赴兰州，对慕生忠的家人进行了采访。

我想，既然我们把交通视为命脉，那么就不能就命脉说命脉，而是要观照到与命脉相对应的生命系统。这样，应该就交通问题，从多元的角度，从历史的深景中，提取更多准确的客观的东西，使作品进一步通向波澜壮阔与气势磅礴。

青藏铁路对于青海、西藏来说，是经济发展的定盘星，是撬动高原向前挺进的杠杆，它具有指标性与历史意义。非常遗憾，这条铁路 1978 年修到格尔木南山口时，却突然“下马”了。

工程“下马”之后，西藏呼唤铁路西进的声音一直在万里苍穹回荡着。那是千百年来的一种期盼，那是梦中都在表达的一种呐喊，那是让西藏辗转反侧的历史等待！

1991 年 4 月，在我离开青海近十年之后，西藏迎来了西藏和平解放四十周年。他们特地向《人民铁道》报发出邀请，请报社派记者赴藏采访。西藏是没有铁路的地方，邀请铁路记者赴藏采访，其深刻性与昭示性已十分明了了。那时，我是《人民铁道》报社首席记者，报社看我有在青海生活八年的经历和能顶得住的身体，便派我赴藏采访。

不料，进藏的第一天，痛苦，甚至极其残忍、生不如死的高原反应，使我呕吐了十四次，最后吐得尽是血水。吸氧后，身体才逐渐恢复了健康。我在西藏的大地上跑了一月有余。西藏自治区领导及拉萨市的领导，对我的西藏采访格外重视，区党委副书记丹增，区党委宣传部部长李维伦，时任拉萨市副市长的孔繁森等领导，亲自安排我的采访事宜。他们把我看成了西藏的代言人，看成能给西藏带来铁路福音的人，看成能够向铁道部传递西藏呼声与期盼的人，甚至可以说，他们把我看成是一条铁路的缩影。

尤其难忘的是，我向他们讲了西藏铁路的一个故事。我说，西藏已经有铁路了，建在青海的格尔木，那是从格尔木火车站修到西藏驻格尔木办事处的一条三公里的专用线。西藏投资，西藏使用，西藏管理，难道这不是西藏的铁路吗？

丹增闻之大笑，他向在场的众人大声宣布："我告诉大家一个振奋人心的喜讯，我们西藏有铁路了，建在格尔木，虽然只有三公里，但它是西藏铁路的一株幼苗，终究会成长为参天大树。"

由藏返京后，我写了一篇长篇通讯——《在没有铁路的地方》，呼吁铁路进藏，尽早结束西藏没有铁路的历史。这篇通讯在西藏引起较大反响，丹增专程赴京到《人民铁道》报社，向报社和我表达谢意。

1994年7月20日至23日，中央第三次西藏工作会议在京召开，提出了“抓紧做好进藏铁路前期准备工作”的明确要求。铁道部部长韩杼滨在大会发言，他代表铁道部向共和国最高层发出了铁路进藏的声音。

时间又过去七年，2001年6月29日，青藏铁路格尔木至拉萨段工程“上马”。在建设的六年中，我六上青藏，加上1991年4月的那次进藏，一共七次，历时210天，写下100多万字的文稿。长征出版社结集出版我的《青藏铁路》（上下卷）时，当时103岁的开国上将、新中国铁路的开拓者吕正操将军亲自为此书作序，这是他辉煌一生中最后留下的文字。

直到目前，我翻阅这些文稿，仍感觉自己没留下遗憾。我不仅采访了数百名一线的建设者，还采访了一批与青藏铁路相关的各届人士。采访了冻土科学家施雅风、周幼吾、吴紫汪、张鲁新等十几位同志；采访了青藏铁路最早的一批勘探设计者到最后的一批勘探设计者，约二十多人；同时，还采访了工程院院士、著名高原医学专家吴天一同志。

在我数百篇青藏铁路的新闻作品中，有三篇消息荣获中国新闻作品的最高质量奖——中国新闻奖；有数十篇新闻作品荣获省部级新闻一、二等奖。

由于青藏铁路的重要性与世界的关注度，我自信，这些被传统观念认为是碎片化的信息，绝不是明日黄花，它将以文字的形式留在历史的长河里，让后人切身感受到建设这条天路那深奥的永不枯竭的精神，那种不屈不挠无所畏惧的生机活力，那种造福于西藏勇往无前的无私奋斗。我想，无论社会以怎样的快捷速度前进，但对于创业精神高地的回望，对于生命和艺术更深层次的心灵内涵的不断充氧、鼓劲，是万万不可或缺的，因为只有这样，才能照亮未来的征途。这也许是我创作这部诗集的初衷。

天路全线通车至今已近十七个年头了。十七年来，持续不断地指向瞬间刺激的花样翻新的现代生活感受，以及当今任何一种艺术形式趋之若鹜的令人兴奋的新鲜气息，都没能使天路题材指向的任何艺术形式或艺术元素降格而失去光彩。相反，天路建设中所呈现的一切，所经历的一切，都静静地滋润着人们的心灵。像钻石一般的文献，让时代认真地阅读着，让人们坚定地守护着。与天路一起诞生的青藏铁路精神，以一种纯洁的健康的精神细胞正在强有力地发酵。

我想就天路这一题材，以诗的形式进行一次再创作，展现它的前世今生和五十年建设的风雨沧桑。以诗写史，这一观点应该是成立的，不然，在人类的词典中，怎么有史诗这一词语呢！

但生活是生活，诗是诗。新闻的语言也不是诗的语言，它距诗的语言之路十分遥远。从新闻素材起步，踏上一条什么样的道路，才能抵达诗的彼岸？海德格尔有句名言："把作为语言的语言带向语言。"这话，听起来就像一个公式，它将为诗人充当通向语言之路的引线。海德格尔的这句话三次使用"语言"一词，每次所说的既是不同的东西，但又是同一的东西。后者把包括着语言之特性的统一而来的分离因素保持在一起。无疑，这句话首先把诗人本身摄入其中的关系网络之中，去寻找一条通向语言之路的意图，已经被纠缠到一种语言的活动中了。我自身是这样理解的：我们可以把第一个"语言"，看作是对事实报道的新闻的语言；第二个"语言"，则是诗人心中之思的那个语言；第三个"语言"，才是最后转化为诗语的那个语言。

戈特弗里德·贝恩说："词语，犹如花朵"，它不是什么“幻景中的一道裂痕”，而是要唤醒开阔的目光。这话带有神奇性的光芒，恐怕任何一位诗人都有如此体会：写诗往往会走入绝境的死胡同，进退两难。突然一个词或一句话，让你豁然开朗，便从山重水复的绝境中走出，让一首柳暗花明般的好诗诞生，或让一首僵尸般的诗重新复活。

在这部诗集的创作中，我曾几度兴奋，又几度消沉失望。兴奋时，觉得它们像诗，消沉时，觉得它们就是文字垃圾。艺术之为艺术，是着眼于创造性和卓越技巧来规定的。诗人作为创作的主体，不可能不把它们与其客观的现实相比较，相联系。联系比较起来再看，觉得诗语是那么平淡，毫无卓越与生机可言。所以，在执笔过程中，我总是在泄气中行进。

我要感谢研究昌耀的资深专家、著名诗评家燎原先生，因为我们有共同的青海生活的经历，成为很能谈得来的朋友。我选了几首诗发给他，征求他的指教。他认为在诗歌走向多元的今天，创业题材的诗应该弘扬光大，它依然受到社会与人民的欢迎。他认为我们所处的时代特性，导致了创业题材的诗歌所产生的现实环境。无论从诗人的自我身份的定位，或是诗歌题材题旨的关注点来看，对这类诗歌的功能，诗人是不应忽视的。

我认为燎原先生的观点，为诗人提出一道庄严的时代命题：创业题材的诗不是可有可无，若是有它也可，无它也可的话，什么可代表诗歌的正能量呢？如果说目前绚烂的诗歌形成多元化的潮流，那么在这个多元的潮流中有无主流那一支呢？为社会前进而创业的生活应不应归属于主流呢？

我想，无论诗怎样发展，诗人不应把给人们种粮食的人、为社会作出贡献的人和他们所创造火热生活的环境边缘化，去做“不知有汉，无论魏晋”的桃花源中人，一门心思写自己的风花雪月，写自己软软柔柔的心灵意绪。这样走下去，诗歌只能越来越不受人待见，社会还会多次发出“饿死诗人”的吼声。

在这个集子里，有些作品是我早年在部队写的，其中《咏雷锋之像》，是我 1976 年的作品，也是我发表的第一首诗作。关于盐湖的诗，皆写于 1978 年。本不想选入，朋友们说：无人能够单凭一跃就跳到成功的高处，人总是从开始学爬着走，到站着走，而后跑起来的。早期的东西不应舍去。这样，我也不怕人笑话，就把它们收到了这个集子里来了。具体到作品，我不一一列举，总体来说，在第二辑《瀚海苍茫》中，它们会以天真幼稚的面容与读者见面。

我要感谢李武兵和张克明先生，从这部诗集开笔，他们就以对青藏铁路情有独钟的关切鼓励我，让诗承载起激情，承载起生活，跨越空间与时间，在这条天路上，裸露出诗人的生命的倾诉、生活的倾诉、灵魂的倾诉。

最后，要感谢中国铁道出版社的领导与编辑，当这部诗集创作接近尾声的时候，我打电话与他们商谈出版事宜。他们答应得非常爽快，说出版这部的诗集，也是我们的责任，我们一定会尽力而为。这绝不是我个人的面子，而是青藏铁路这条云中天路的面子。

朱海燕

2022 年 11 月 17 日

于京西素心山坊